Menjelajahi Nusantara,
 Mendalami Bahasa Mandarin
 Jilid 1

環遊印尼學華語（第一冊）

背起行囊
　裝滿夢想
踏著華語的節奏，出發

Song Ru Yu　　Liong Ban
Wu Yu Xuan　　Yu Xin Bei
Chen Bei Xuan　Lin Zhen Jun　Yang Rui

楊　林　陳　余　吳　黃　宋
瑞　貞　倍　欣　俞　兩　如
　　均　萱　蓓　萱　萬　瑜

著

編 者 的 話

　　《環遊印尼學華語》是專為印尼學習者量身訂做的教材,適用於中級程度的華語學習者。

　　本教材共三十課,強調語言的使用,內容包括印尼當地的飲食、風俗、休閒、風景、消費和日常生活等,取材符合時代潮流,盼能藉此引起印尼學習者學習華語的動機,同時提升其對各類話題的溝通、應變能力。

　　每課教材均含以下各項:1. 以閱讀或對話方式呈現的主課文。2. 兼有生詞、衍生詞彙、漢語拼音、詞性、例句的新詞介紹。3. 含結構說明、例句、練習的語法教學。4. 附有新詞、問題討論,增加語言輸入的平行閱讀。5. 活化教學的課堂參考活動。6. 協助學習者自學的印尼文翻譯。

　　為讓學習者鞏固所學,本教材編寫時亦考慮生詞、語法點的複現率,並在語法部分採用解析句子結構、範句練習的方式呈現。不僅使學習者了解語法的基本用法,同時也能在合宜的情境中使用語法。

　　本書之其他特色如下:

1. 內容:以印尼當地的風景名勝、民俗風情編寫內容,易引起學習者共鳴。

2. 編排:依難易度安排詞彙、語法。每課均附有大量的活動與練習,提供學生充分的口語練習機會。

3. 例句:本書所編寫之例句,淺顯易懂,並在例句中多次複現生詞。

4. 插圖:全書在正文、練習處附有生動、活潑之插圖,藉以輔助學習。

5. 習題:針對課文要點,由淺入深編寫單句、對話及篇章習題,以供學習者課後練習。

6. 活動：各課均有情境導向之活動設計，內容真實有趣，達到寓教於樂的教
　　學效果。

7. 索引：書後附有完整的生詞索引，便於學習者複習及檢索。

　　本教材雖已經過多次校正，然疏漏之處仍難避免，期盼專家、學者不吝
賜教，以做為再版修訂之依據。

2007 年 7 月

Daftar Isi

編者的話 1

標點符號用法簡表 5

第一課　接朋友（Menjemput Teman）.......................... 11

第二課　日惹（Yogyakarta）.. 31

第三課　中國菜（Masakan Tionghoa）.......................... 51

第四課　夢幻世界（Dunia Fantasi）.............................. 71

第五課　古達海灘（Pantai Kuta）.................................. 93

第六課　長途巴士（Bis Jarak Jauh）.............................113

第七課　莎發麗公園（Taman Safari）.......................... 137

第八課　海上旅遊（Wisata di Laut）............................ 157

第九課　郵票博物館（Museum Perangko）.................. 175

第十課　順達餐廳（Restoran Masakan Sunda）.......... 195

語法詞類略語表 215

生詞索引.. 217

標 點 符 號 用 法 簡 表
biāo diǎn fú hào yòng fǎ jiǎn biǎo

Tabel Ringkas Penggunaan Tanda Baca

名稱	中文拼音	符號	用法說明	印度尼西亞文翻譯
句號 （一個小圓圈） Tanda Titik (sebuah bulatan kecil)	jùhào	。	凡是意思完整，語氣已足的句子，在句末要加句號。	Kalimat yang telah berarti lengkap dan nada bicara telah cukup, harus diberikan tanda titik di akhir kalimat.

例句：這束花非常漂亮。

Zhè shù huā fēicháng piàoliàng.

Seikat bunga ini sangat indah.

名稱	中文拼音	符號	用法說明	印度尼西亞文翻譯
逗號 （又叫點號或逗點） （形狀像一隻蝌蚪） Tanda Koma (tanda berhenti sejenak) (seperti berudu)	dòuhào	，	在較長的句子中，因為語氣關係，必須停頓、分開、重讀的地方，都要加逗號。	Pada kalimat yang agak panjang, karena berhubungan dengan nada bicara, sehingga harus berhenti, dipisahkan dan ditekankan. Pada keadaan ini harus ditambahkan tanda koma.

例句：你一說，我就明白了。

Nǐ yì shuō, wǒ jiù míngbái le.

Begitu kamu bicara, saya langsung mengerti.

頓號 （形狀像芝麻） Tanda Jeda (serupa biji wijen)	dùnhào	、	凡連用而並列的同類詞，表示語氣上最短暫的停頓，要加頓號分開。	Apabila menggunakan kelas kata yang sama, kata tersebut bersambung dan berurutan, maka untuk menunjukkan nada bicara berhenti tersingkat, harus dipisahkan dengan menambahkan tanda jeda.

例句：香蕉、蘋果、榴槤，我都愛吃。

XiāngJiāo, PíngGuǒ, LiúLián, wǒ dōu ài chī.

Pisang, apel, durian, saya suka makan semuanya.

分號 （逗號上加小圓點） Tanda Titik Koma (setitik di atas koma)	fēnhào	；	句中並列的短句，或對比的句子，僅用逗號或頓號，還不能把意思分析清楚，就用分號分開。	Kalimat pendek yang berurutan dalam kalimat, atau kalimat yang berlawanan, bila menggunakan tanda koma dan tanda jeda pun tidak dapat menerangkannya secara jelas, maka perlu menggunakan tanda titik koma.

例句：

1.大家都喜歡熱鬧；他卻喜歡寂寞。

Dàjiā dōu xǐhuān rènào; tā què xǐhuān jìmò.

Semua orang suka akan keramaian; dia malah suka kesepian.

2.楊柳枯了，有再青的時候；桃花謝了，有再開的時候。

YángLiǔ kūle, yǒu zàiqīngde shíhòu; TáoHuā xièle, yǒu zàikāide shíhòu.

Willow setelah kering, ada saatnya hijau kembali; bunga persik sesudah layu, ada saatnya mekar lagi.

冒號 （上下兩個小圓點） Tanda Titik Dua (atas bawah dua titik)	màohào	：	凡是在總起下文或總結上文，或提出引語的地方，要加冒號。	Apabila merinci tulisan berikut, menyimpulkan tulisan sebelumnya atau menyatakan kalimat langsung, harus menggunakan tanda titik dua.

例句：

1. 俗語說：一日之計在於晨。

   Súyǔ shuō: Yírì zhī jì zài yú chén.

   Pepatah mengatakan: Rencana sehari berawal di pagi hari.

2. Devi 妹妹：「我收到信了……」

   Devi mèimei: "Wǒ shōudào xìn le...... "

   Adik Devi: "Saya telah menerima surat..."

問號 （形狀像耳朵） Tanda Tanya (seperti telinga)	wènhào	?	凡是在表示疑惑、發問、反詰或詫異的地方，要加問號。	Pada kalimat yang menunjukkan keraguan, menanyakan sesuatu, balik bertanya atau tercengang, harus menggunakan tanda tanya.

例句：

1. 你懂這篇文章的意思嗎？

   Nǐ dǒng zhè piān wénzhāngde yìsi ma?

   Apakah kamu memahami arti dari artikel ini?

2. 她不是說完全聽懂老師說的話了嗎？

   Tā búshì shuō wánquán tīngdǒng lǎoshī shuōde huà le ma?

   Bukankah dia bilang telah mengerti sepenuhnya perkataan yang diucapkan guru?

驚歎號 （錐形短豎下加點） Tanda Seru (tambahkan titik di bawah jarum tusuk)	jīngtànhào	!	凡是在帶有喜、怒、哀、樂等情感，或表示願望、讚美、感歎、命令、稱呼等語氣的詞句末尾，都要加驚歎號。	Di akhir kalimat yang mengandung perasaan senang, marah, sedih, gembira dll, atau nada bicara yang menunjukkan harapan, pujian, keluhan, perintah, menyapa dsb, harus ditambahkan tanda seru.

例句：

1. 喂！你仔細想想吧！

   Wèi! Nǐ zǐxì xiǎngxiǎng ba!

   Wei! Coba kamu pikirkan dengan cermat!

2. 她每次都遲到，太不應該了！

Tā měicì dōu chídào, tàibù yīnggāi le!
Dia setiap kali datang telat, seharusnya tidak demikian!

| 引號
（上下兩個方向
相反的直角）

Tanda kutip
(tanda satu atau dua
koma di sudut atas
dan bawah yang
arahnya berlawanan) | yǐnhào | 「 」
或
『 』 | 「 」是單引號；
『 』是雙引號。
凡是在引用別人的
文句或敘述對話的
詞句，或特別提示
語、性質或特別重
用的詞句，在起始
和末尾或前後，都
要加上引號。 | 「 」adalah tanda petik tunggal, 『 』tanda petik ganda. Pada kalimat yang mengutip tulisan orang lain atau mengisahkan percakapan, atau kalimat yang mengandung kata penjelasan khusus, sifat khusus atau penekanan khusus, di awal dan akhir atau depan belakang, harus ditambahkan tanda kutip. |

例句：

1.老師說：「大家要記得『助人為快樂之本』這句話。」

Lǎoshī shuō: " Dàjiā yào jìdé'Zhùrén wéi kuàilè zhī běn'zhè jù huà. "

Guru berkata: "Semuanya harus ingat perkataan 'membantu orang adalah modal

kebahagiaan' ini."

2. 「沙發」是外來語。

"Shāfā" shì wàiláiyǔ.

"Sofa" adalah istilah asing.

| 括弧
（前後相對的兩條
弧線或兩條直線）

Tanda Kurung
(dua garis lengkung di
depan dan belakang
yang saling
berhadapan atau dua
garis datar) | kuòhào | （ ）
或
〔 〕 | 用在夾註文字
前後，表示說
明；假使括弧
中再有括弧
時，就用方括
號。 | Digunakan untuk mengapit dan menjelaskan tulisan di depan dan di belakangnya; ketika dalam kalimat yang diapit masih terdapat tanda kurung, maka harus menggunakan tanda kurung persegi. |

例句：爸爸常去優雅加達（即日惹）做事。

Bàba cháng qù Yōuyǎjiādá (jí Rìrě) zuòshì.

Papa sering ke Yogyakara (yakni Yogya) mengerjakan sesuatu.

破折號 （一條直線） Tanda Pisah (sebuah garis lurus)	pòzhéhào	——	用在語意突然轉折或語氣忽然轉變的地方。	Digunakan ketika makna kalimat atau nada bicara berubah secara mendadak.
例句：中國的四大發明—造紙術、印刷術、指南針和火藥。 Zhōnggguóde sìdà fāmíng—zàozhǐshù, yìnshuāshù, zhǐnánzhēn hé huǒyào. Empat penemuaan besar Tiongkok—teknik pembuatan kertas, teknik percetakan, kompas dan bahan peledak.				
刪節號 （六個小圓點） Tanda Elipsis (enam titik segaris)	shānjiéhào	……	凡在文詞有省略的地方，表示刪去詞句，或語氣未完的地方，都用刪節號。	Digunakan pada kalimat yang telah disingkat untuk menunjukkan penghapusan kata-kata, atau nada bicara yang belum selesai.
例句：弟弟念著：「人之初，性本善。性相近……」 Dìdi niànzhe: "Rénzhīchū, xìngběnshàn. Xìngxiāngjìn......" Adik sedang membacakan: "Pada awalnya, watak manusia adalah baik adanya, sifatnya serupa…"				
書名號 Tanda Nama Buku	shūmínghào	《》	表示書籍、報刊、文章等的名稱。	Menunjukkan nama buku, dokumen, koran, majalah, artikel dll.
例句：我最喜歡看的小說是《飄》。 Wǒ zuì xǐhuān kàn de xiǎoshuō shì Piāo. Cerpen yang paling saya gemari adalah *Piao*.				
篇名號 Tanda Nama Artikel	piānmínghào	〈〉	表示書籍、報刊、文章等的名稱。	Menunjukkan nama buku, dokumen, koran, majalah, artikel dll.
例句：〈八佾〉是《論語》中的一篇。 "BāYì" shì LúnYǔ zhōng de yìpiān. "Ba Yi" adalah salah satu ayat dari *Lun Yu*.				
音界號 （一個小圓點）	yīnjièhào	·	凡在翻譯成中文的外國人姓名中間或某些	Digunakan di bagian tengah nama orang asing yang diterjemahkan ke dalam bahasa Mandarin atau sebagai

Tanda Batas Bunyi (sebuah bulatan)			少數民族人名內各部分的分界，或得將數位隔開以便正確表達其含義，就用音界號。	pembatas bagian dalam dari nama suku minoritas tertentu, atau digunakan untuk memisahkan angka agar maksudnya dapat dinyatakan dengan tepat.

例句：

1.丹‧布朗（Dan Brown）是《達文西密碼》的作者。

　Dān BùLǎng（Dan Brown）shì Dáwénxīmìmǎ de zuòzhě.

　Dan Brown adalah pengarang buku *The Da Vinci Code*.

2.今天是五‧一勞動節。

　Jīntiān shì wǔ yī LáoDòngJié.

　Hari ini adalah Hari Buruh 1 Mei.

第一課 接朋友
(Menjemput Teman)

一、閱讀〔Wacana〕

上個星期天，媽媽收到了黃阿姨的信，在信中黃阿姨說她將在這個星期日到雅加達來。這趟來的目的是想遊覽我國各地名勝，尤其是峇里島。

今天早上，我和媽媽到蘇卡諾·哈達國際機場去接黃阿姨。黃阿姨等飛機降落後，拿了行李就走出機場。

媽媽一見到黃阿姨，就很高興地向她揮手。阿姨也向我們揮手，表示看到了我們。接著我們一起上了汽車，往我家開去。

（一）漢語拼音 (*Hanyu Pinyin*)

Dìyíkè Jiēpéngyǒu

Yī YuèDú

Shàngge xīngqītiān, māma shōudàole Huángāyíde xìn. Zài xìnzhōng Huángāyíshuō tā jiāngzài zhè ge xīngqīrì dào Yǎjiādá lái. Zhè tàng lái de mùdì shì xiǎng yóulǎn wǒguó gèdì míngshèng, yóuqíshì Bālǐdǎo.

Jīntiān zǎoshàng, wǒ hé māma dào Sūkǎnuò Hādá guójì jīchǎng qù jiē Huángāyí. Huángāyí děng fēijī jiàngluò hòu, nále xínglǐ jiù zǒuchū jīchǎng.

Māma yí jiàndào Huángāyí, jiù hěn gāoxìng de xiàng tā huīshǒu. Āyí yě xiàng wǒmen huīshǒu, biǎoshì kàndàole wǒmen. Jiēzhe wǒmen yìqǐ shàngle qìchē, wǎng wǒjiā kāiqù.

（二）翻譯 (*Terjemahan*)

Pelajaran I. Menjemput Teman

Hari Minggu yang lalu, Mama menerima surat dari Bibi Huang, dalam surat Bibi Huang mengatakan bahwa dia akan datang ke Jakarta pada hari Minggu ini. Tujuan kedatangan kali ini adalah ingin mengunjungi objek-objek wisata di negara kita, terutama Pulau Bali.

Pagi hari ini, saya dan Mama pergi menjemput Bibi Huang ke Bandara Internasional Soekarno-Hatta. Bibi Huang menunggu hingga pesawat mendarat, mengambil koper, kemudian berjalan keluar dari bandara.

Ketika Mama melihat Bibi Huang, langsung dengan sangat gembira melambaikan tangan kepadanya. Tante juga melambaikan tangan kepada kami, menunjukkan sudah melihat kami. Selanjutnya kami bersama-sama menaiki mobil, melaju menuju rumah saya.

（三）問答題（Pertanyaan）

1. 黃阿姨在信中說了什麼？

2. 黃阿姨到雅加達的目的是什麼？

3. 我和媽媽到哪兒去接黃阿姨？

4. 媽媽和黃阿姨的心情怎麼樣？

（四）新字與新詞（Kosakata）

1. 接朋友（動）：jiēpéngyǒu　menjemput teman

　◎爸爸星期天到機場去接朋友。

　　Hari Minggu Ayah pergi menjemput teman ke bandara.

> 接：接球（動）

　◎我們家的小狗很會接球。

> 友：友善（形）

　◎弟弟的朋友都很友善。

2. 目的（名）：mùdì　tujuan; maksud

　◎他去臺灣的目的是想參觀故宮博物館。

　　Tujuan dia ke Taiwan adalah ingin mengunjungi Museum Gu Gong.

3. 遊覽（動）：yóulǎn　bertamasya; berkeliling melihat-lihat

　◎哥哥喜歡遊覽各地風景。

　　Abang suka berkeliling melihat-lihat pemandangan di berbagai daerah.

> 遊：遊客（名）／遊玩（動）

◎許多遊客喜歡到峇里島去玩。

◎爸爸帶全家到歐洲遊玩。

> 覽：展覽（名）

◎下星期天我們一起去看展覽吧！

4. 名勝（名）：míngshèng　objek wisata

◎萬里長城是中國的名勝。

Tembok Raksasa adalah objek wisata China.

> 勝：勝利（名）

◎甲班在這次的籃球比賽中得到勝利。

5. 尤其（副）：yóuqí　terutama; lebih-lebih

◎我喜歡音樂，尤其是古典音樂。

Saya menyukai musik, terutama musik klasik.

6. 國際（名）：guójì　internasional

◎李安是國際有名的導演。

Li An adalah sutradara yang terkenal secara internasional.

> 國：國花（名）／國外（名）

◎荷蘭的國花是鬱金香。

◎他常常到國外工作。

7. 降落（動）：jiàngluò　mendarat

◎直升機降落在前面的空地上。

Helikopter mendarat di atas lapangan depan.

> 降：下降（動）

◎明天的溫度會下降，要多穿一點衣服。

落：落淚（動）

◎媽媽昨天在我的面前落淚了。

8. 行李（名）：xíngli　barang yang dibawa dalam perjalanan

◎他在房間裡準備明天去美國的行李。

Dia di dalam kamar menyiapkan barang-barang yang besok akan dibawa ke Amerika.

9. 高興（形）：gāoxìng　gembira; senang; riang; girang

◎我很高興能在這裡遇見你。

Saya sangat gembira dapat berjumpa denganmu di sini.

高：高大（形）／身高（名）

◎弟弟長得比哥哥高大。
◎妹妹的身高比我高。

10. 揮手（動）：huīshǒu　melambaikan tangan

◎他在火車上向我揮手說再見。

Di atas kereta api dia melambaikan tangan kepada saya, mengucapkan selamat tinggal.

手：手錶（名）／手心（名）

◎放在桌上的手錶不見了。
◎他把一塊錢放在手心裡。

11. 表示（動）：biǎoshì　menunjukkan; menyatakan

◎我們常以微笑表示高興。

Kita sering menunjukkan kegembiraan dengan senyum.

12. 接著（連）：jiēzhe　kemudian; berikutnya

◎他念完大學接著就出國了。

Setelah menyelesaikan kuliah, dia kemudian pergi ke luar negeri.

二、會話（Percakapan）

曼麗：嗨！麗雅，好久不見，妳好嗎？

麗雅：託妳的福，我一直都很不錯。對了，忘了給妳介紹，這是我常跟妳提起的小淘氣，麗娜。

麗娜：黃阿姨，您好。

曼麗：麗娜，妳好！（從旅行袋裡拿出一個洋娃娃）這是給妳的見面禮，喜歡嗎？

麗娜：喜歡，謝謝黃阿姨！

麗雅：妳還有其他行李嗎？

曼麗：我不喜歡帶太多的行李出門，所以只有這兩件。

麗雅：妳坐了一整天的飛機一定很疲倦，不如現在就去我家吧！

曼麗：說得也是，我是覺得有點累了，走吧！

（一）漢語拼音（*Hanyu Pinyin*）

Èr　HuìHuà

MànLì : Hāi!LìYǎ, hǎojiǔbújiàn, nǐhǎo ma?

LìYǎ : Tuōnǐdefú, wǒ yìzhí dōu hěn búcuò. Duì le, wàngle gěinǐ jièshào, zhèshì wǒ cháng gēnnǐ tíqǐ de xiǎotáoqì, LìNà.

LìNà : Huángāyí, nínhǎo.

MànLì : LìNà, nǐhǎo! (Cóng lǚxíngdài lǐ náchū yí ge yángwáwa) Zhèshì

gěinǐ de jiànmiànlǐ, xǐhuān
ma?

LìNà　　：　Xǐhuān, xièxie Huángāyí!

LìYǎ　　：　Nǐ háiyǒu qítā xínglǐ ma?

MànLì　：　Wǒ bùxǐhuān dài tàiduō
　　　　　de xínglǐ chūmén, suǒyǐ
　　　　　zhǐyǒu zhè liǎng　jiàn.

LìYǎ　　：　Nǐ zuòle yìzhěngtiān de
　　　　　fēijī yídìng hěn píjuàn,
　　　　　bùrú xiànzài jiù qù wǒjiā
　　　　　ba!

MànLì　：　Shuōde yěshì, wǒ shì juéde yǒudiǎn lèile, zǒu ba!

（二）翻譯（Terjemahan）

Man Li : "Hai! Lia, lama tidak jumpa, apa kabarmu?"

Lia 　　: "Terima kasih, saya senantiasa dalam keadaan baik. Oh ya, lupa
　　　　　memperkenalkan kepadamu, ini adalah Si Bandel Kecil yang sering
　　　　　saya sebut-sebut kepadamu, Lina."

Lina 　　: "Halo, Tante Huang."

Man Li : "Halo, Lina! (dari bagian dalam tas perjalanan mengeluarkan sebuah
　　　　　boneka) Ini adalah tanda mata untukmu, suka enggak?"

Lina 　　: "Suka, terima kasih Tante Huang!"

Lia 　　: "Kamu masih ada barang bawaan lain?"

Man Li : "Saya tidak suka membawa terlalu banyak bagasi bila bepergian,
　　　　　makanya hanya dua koli ini."

Lia 　　: "Kamu seharian naik pesawat pastilah sangat lelah, lebih baik sekarang
　　　　　ke rumah saya!"

Man Li : "Benar juga, saya memang merasa agak cape, ayo berangkat!"

（三）新字與新詞（Kosakata）

1. 託……福（動）：tuō……fú　dipakai untuk membalas salam orang lain (terima

　　　　　kasih)

◎託你的福，我過得很好。

　　Terima kasih, kehidupan saya sangat baik.

託（動）：

◎我託人帶一封信給他。

福：幸福（形）

◎我有一個幸福的家庭。

2. 介紹（動）：jièshào　memperkenalkan; menganjurkan

◎老師給我們介紹中國的音樂。

Guru memperkenalkan musik Tionghoa kepada kami.

3. 提起（動）：tíqǐ　menyebut; berbicara tentang

◎只要提起這件事，他就會不高興。

Asal saja menyebut masalah ini, dia langsung menjadi tidak senang.

4. 淘氣（形）：táoqì　nakal; bandel

◎弟弟是一個淘氣的小孩，常讓媽媽生氣。

Adik adalah anak yang nakal, sering membuat Mama marah.

5. 旅行袋（名）：lǚxíngdài　tas yang digunakan untuk bepergian; koper

◎他很難過，因為他的旅行袋丟了。

Dia sangat sedih, karena kopernya hilang.

旅行（動）：lǚxíng　bepergian; berwisata

◎我喜歡跟家人一起去旅行。

Saya suka bepergian bersama keluarga.

旅：旅遊（動）／旅客（名）

◎你要不要跟我們去中國旅遊？
◎這些旅客要到峇里島去玩。

袋：口袋（名）／垃圾袋（名）

◎你的口袋裝著什麼東西？

◎我們把垃圾裝進垃圾袋裡。

6. 洋娃娃（名）：yángwáwa　boneka

◎媽媽帶妹妹到玩具店去買洋娃娃。

Mama membawa Adik pergi membeli boneka ke toko mainan.

7. 見面禮（名）：jiànmiànlǐ　tanda mata; kado untuk perjumpaan

◎麗娜帶了見面禮去拜訪他。

Lina membawa tanda mata mengunjungi dia.

見面（動）：jiànmiàn　bertemu; berjumpa

◎妳好，很高興能跟妳見面！

Halo, senang sekali dapat bertemu denganmu!

8. 其他（形）：qítā　yang lain; lainnya

◎除了歌唱，還有其他的節目。

Selain bernyanyi, masih terdapat acara yang lain.

9. 只有（連）：zhǐyǒu　hanya ada; hanya mempunyai

◎只有努力，才能把事情做好。

Hanya dengan ketekunan baru dapat menyelesaikan pekerjaan dengan baik.

10. 整天（名）：zhěngtiān　sehari penuh; sepanjang hari; sehari suntuk

◎他整天待在家裡看電視。

Dia sepanjang hari tinggal di rumah menonton tv.

11. 一定（副）：yídìng　pasti

◎這件事不是真的，一定是你看錯了。

Hal ini tidak benar, pasti kamu telah salah lihat.

P E L A J A R A N

一

12. 疲倦（形）：píjuàn　lelah; cape; penat

◎他生病了，所以覺得很疲倦。

　　Dia sakit, sehingga merasa sangat cape.

13. 點（量）：diǎn　sedikit; satuan jam untuk waktu

◎他喝了點牛奶就去上學了。

　　Begitu selesai minum sedikit susu, dia langsung berangkat ke sekolah.

三、語法（Tata Bahasa）

（一）到……去……（Pergi…ke…）

Pola kalimat "到……去……" menunjukkan subjek menuju ke suatu tempat untuk melakukan suatu tindakan.

Subjek	到	Tempat	去	Tindakan
哥哥		同學家		看書。

1. 他到雅加達去玩。

2. 爸爸到市場去買菜。

3. 老師到學校去上課。

4. 妹妹到圖書館去讀書。

5. 雅妮到朋友家去寫功課。

（二）……就……（Begitu…langsung…）

Pola kalimat "……就……" menyatakan setelah muncul suatu tindakan atau keadaan, langsung terjadi tindakan atau keadaan lain.

1. 麗娜見到我就笑。

2. 他看到老師就跑走了。

3. 我回到家裡就做功課。

4. 叔叔吃完飯就看電視。

5. 弟弟肚子餓就想吃東西。

四、語法練習（Latihan Tata Bahasa）

（一）完成句子（Menyelesaikan Kalimat）

例：

老師：哈山，你昨天為什麼沒來學校上課？

哈山：老師，我生病了。

老師：你到醫院去看醫生了嗎？

哈山：對！

→哈山昨天<u>到醫院去看醫生</u>。

1. 美麗：你明天要去哪裡？

   媽媽：我明天要去百貨公司。

   美麗：你去那兒做什麼？

   媽媽：我去買衣服。

   →媽媽到＿＿＿＿＿＿＿＿＿去＿＿＿＿＿＿＿＿＿。

2. 阿山：你下午要去打棒球嗎？

   哈林：我要去。

阿山：我也要去，我們下午在公園見。

→他們要到＿＿＿＿＿＿＿＿＿＿去＿＿＿＿＿＿＿＿＿＿。

3. 利亞：我餓了，我們一起去吃飯，好不好？

　　哥哥：聽說有家餐廳還不錯，我們去吃吃看。

→他們想＿＿＿＿＿＿＿＿＿＿＿＿＿＿＿＿＿＿＿＿＿。

4. 阿美：你昨天去哪兒？

　　阿山：我昨天去朋友家。

　　阿美：做什麼？

　　阿山：我和朋友一起看電影。

→阿山昨天＿＿＿＿＿＿＿＿＿＿＿＿＿＿＿＿＿＿。

5. 爸爸：你去哪兒了？

　　媽媽：我去銀行。

　　爸爸：為什麼要去銀行？

　　媽媽：我去存錢。

→媽媽＿＿＿＿＿＿＿＿＿＿＿＿＿＿＿＿＿＿＿＿＿。

(二) 完成對話（Menyelesaikan Percakapan）

例：

哈山：我們明天要去哪兒？
爸爸：我們明天要到臺北 101 去買東西。（臺北 101／買東西）

1.　李先生：你怎麼了？

　　林小姐：我覺得不太舒服。

　　林小姐：＿＿＿＿＿＿＿＿＿＿＿＿＿＿＿＿。（醫院／看醫生）

2.　曼娜：我的衣服都已經舊了。

　　曼娜：＿＿＿＿＿＿＿＿＿＿＿＿＿＿。（百貨公司／買衣服）

3.　麗娜：天氣真熱。你想不想游泳？

　　哈利：我想。

　　哈利：＿＿＿＿＿＿＿＿＿＿＿＿＿＿＿＿。（海灘／游泳）

4.　大民：我很喜歡看小說。

　　娜娜：我也是。可是書好貴，我買不起。

　　大民：＿＿＿＿＿＿＿＿＿＿＿＿＿＿＿。（圖書館／借書）

5.　大山：印度尼西亞有哪些有名的名勝？

　　阿裏：有峇里島、葡萄牙教堂、多巴湖等等。

　　大山：＿＿＿＿＿＿＿＿＿＿。（印尼／參觀名勝）

(三)請用「……就……」合併句子
　　Gunakan "……就……" untuk menggabungkan kalimat!

例：

　　☺弟弟放學了。

　　　弟弟到公園去打球。

→弟弟<u>放學後就</u>到公園去打球。

1.　☺大華下課了。

　　　大華到補習班去上英文課。

→大華＿＿＿＿＿＿＿＿＿＿＿＿＿＿＿＿＿。

2. ☺山美回家了。

山美洗澡。

→山美＿＿＿＿＿＿＿＿＿＿＿＿＿＿＿＿＿＿＿＿＿＿。

3. ☺王叔叔起床了。

王叔叔到早餐店去買早點。

→王叔叔＿＿＿＿＿＿＿＿＿＿＿＿＿＿＿＿＿＿＿。

4. ☺哈山做完功課。

哈山到客廳去看電視。

→哈山＿＿＿＿＿＿＿＿＿＿＿＿＿＿＿＿＿＿＿＿＿。

5. ☺哥哥吃完飯。

哥哥到房間去溫習功課。

→哥哥＿＿＿＿＿＿＿＿＿＿＿＿＿＿＿＿＿＿＿＿＿。

6. ☺美麗拿了書。

美麗到圖書館去看書

→美麗＿＿＿＿＿＿＿＿＿＿＿＿＿＿＿＿＿＿＿＿＿。

7. ☺美美下了公車。

美美到書店去買文具。

→美美＿＿＿＿＿＿＿＿＿＿＿＿＿＿＿＿＿＿＿＿＿。

8. ☺麗娜看了有趣的動物表演。

麗娜哈哈大笑。

→麗娜_____。

（四）請用「到……去……」完成句子

Gunakan "到……去……" untuk menyelesaikan kalimat-kalimat berikut!

例：我／山美／椰城→我和山美到椰城去買衣服！

1. 明天／萬隆／吃飯

→_____。

2. 阿民／英國／遊覽名勝

→_____。

3. 我們／市場／賣手錶

→_____。

4. 妹妹／麗娜家／玩遊戲

→_____。

5. 我／便利商店／買東西

→_____。

6. 你／我／雅加達／看電影

→_____。

7. 下星期五／哈利／珊珊家／聽音樂

→_____。

8. 昨天／姐姐／公園／散步

→_____。

五、文章閱讀（Membaca）

愉快的旅行　　　2006 年 8 月 18 日

我是哈利。

我和家人到臺灣去玩，這是我第一次出國，我很高興，馬上打電話給住在臺灣的阿姨，阿姨說她會到機場去接我們。

蘇卡諾‧哈達國際機場的<u>入境區</u>有很多<u>免稅</u>商店，我逛了一些商店。不久<u>登機</u>的時間到了，我們通過登機門，等到大家坐好，飛機就慢慢起飛了，我心裡想：這次的旅行一定會很好。

飛機降落在<u>桃園國際機場</u>後，我們拿了行李和旅行袋，就進入大廳，阿姨一看到我們，馬上向我們揮揮手。到阿姨家的路上，她跟我們介紹臺灣的名勝和小吃，讓我知道臺灣有許多好玩的地方；可是坐了一整天的飛機，我覺得有點疲倦了，只有淘氣的弟弟還不覺得累。

那一個禮拜的旅行讓我認識很多臺灣有名的地方，尤其對一零一大樓<u>印象深刻</u>，真是一次非常有趣的旅行。

（一）新詞（Kosakata）

1. 入境區（名）：area kedatangan penumpang luar negeri
   ◎旅客在上飛機前，會先在入境區等候。
2. 免稅（形）：bebas pajak; bebas bea
   ◎很多人喜歡在免稅商店買禮物送給朋友。
3. 登機（動）：naik ke pesawat
   ◎登機的時間快到了，我們必須加快腳步。
4. 桃園國際機場（名）：Bandara Internasional Tao Yuan
   ◎桃園國際機場是臺灣最大的機場。
5. 印象（名）：kesan
   ◎我對臺灣的印象很好。
6. 深刻（形）：dalam; mendalam
   ◎許多遊客對臺灣的小吃印象很深刻。

（二）問題與討論（Pertanyaan dan Diskusi）

1. 小華第一次出國是去哪兒？
2. 小華在蘇卡諾·哈達國際機場看到什麼？
3. 小華對這次的旅行有什麼感覺？
4. 說說你第一次搭飛機出國，或是到機場去的經驗！
5. 談談你印象最深刻的一次旅行！
6. 你最喜歡的臺灣小吃是什麼？你的家鄉有哪些有名的食物？

六、課堂活動（Kegiatan Kelas）

環遊世界

日期	預定時間	實際時間	航空公司		班機編號	目的地		登機門
2007/02/27	10:10	10:10		國泰航空	CX 469	倫敦	London	B6
2007/03/15	23:15	23:19		長榮航空	BR 867	新加坡	Singapore	C2
2007/03/29	16:15	16:15		華信航空	AE 584	函館	HKD	A3
2007/04/13	09:30	09:30		澳門航空	NX 625	澳門	MFM	B1
2007/04/22	13:30	13:28		聯合航空	UA 800	東京	TYO	D8
2007/05/09	20:50	20:50		中華航空	CI 801	巴黎	Paris	A8
2007/05/17	07:50	07:50		聯合航空	G6 205	紐西蘭	New Zealand	C6
2007/06/02	18:50	18:46		港龍航空	KA 487	香港	Hong Kong	C4
2007/06/11	02:55	02:51		中華航空	CI 704	加拿大	Canada	D4
2007/06/28	11:25	11:25		國泰航空	CX 461	洛杉磯	LA	B5

1. 教師先介紹一些國家機場的圖片，並讓學生了解當地的風俗民情，
   如：地標、美食。

2. 認識這些機場及各國的名勝後，老師把這張飛機時刻表發給學生，
   每個人的飛航行程是不同的，學生必須從這些時刻表中，用「到……
   去……」的句型說明去這些地方的目的。教師從學生所說的目的裡，
   可以隨時提問其他學生。
   如：A 同學說：「我到東京去買東西。」
   　　老師問 B 同學：「A 同學到哪兒？去做什麼？」
   　　B 同學說：「A 同學到東京去買東西。」

Berkeliling Dunia

1. Guru terlebih dahulu memperkenalkan gambar bandara dari berbagai negara dan membiarkan siswa-siswa mengetahui adat istiadat dan keadaan penduduk di tempat tersebut, misalnya tempat terkenal dan makanan lezat.

2. Setelah mengenal bandara dan objek wisata berbagai negara, guru membagikan jadwal keberangkatan pesawat kepada para siswa. Setiap siswa memiliki jadwal penerbangan yang berbeda. Siswa-siswa harus menggunakan jadwal penerbangan ini untuk menjelaskan tujuannya berangkat ke tempat ini dengan menggunakan pola kalimat "到……去……". Dari tujuan yang diutarakan siswa, guru boleh setiap saat mengajukan pertanyaan kepada murid lain.

   Misalnya: Siswa A berkata: "Saya pergi membeli barang ke Tokyo."

   Guru bertanya kepada siswa B: "Murid A pergi ke mana dan melakukan apa?"

   Siswa B berkata: "Teman sekolah A pergi membeli barang ke Tokyo."

第 二 課　日惹
(Yogyakarta)

一、閱讀（Wacana）

　　文化和學生之城都是日惹的美稱。這些美稱是來自我國人民對它的好感。

　　日惹是一個小城市。在那兒，您可以看到在雅加達不常見的三輪車。傍晚時分，乘坐三輪車遊市區，將使您留下難忘的回憶。

　　聽過摩禮歐博羅街嗎？那是遊客最喜愛的一條街。在那兒，您能買到許多精緻的紀念品以及吃到許多當地的美食。總而言之，日惹是一個旅遊和休閒的好地方。

（一）漢語拼音（*Hanyu Pinyin*）

Dìèrkè　Rìrě

Yī　YuèDú

Wénhuà hé Xuéshēngzhīchéng dōushì Rìrě de měichēng. Zhèxiē měichēng shì láizì wǒguó rénmín duì tā de hǎogǎn.

Rìrě shì yí ge xiǎochéngshì. Zài nàr, nín kěyǐ kàndào zài Yǎjiādá bù chángjiàn de sānlúnchē. Bàngwǎn shífēn, chéngzuò sānlúnchē yóushìqū, jiāngshǐnín liúxià nánwàng de huíyì.

Tīngguò Mólǐōubóluójiē ma? Nàshì yóukè zuìxǐ'ài de yì tiáo jiē. Zài nàr, nín néng mǎidào xǔduō jīngzhì de jì'niànpǐn yǐjí chīdào xǔduō dāngdì de měishí. Zǒngéryánzhī, Rìrě shì yí ge lǚyóu hé xiūxián de hǎo dìfāng.

（二）翻譯（Terjemahan）

Pelajaran II. Yogyakarta

Kota Budaya dan kota Pelajar semuanya adalah sebutan pujian Yogyakarta. Sebutan pujian ini berasal dari kesan baik rakyat kita terhadapnya.

Yogyakarta adalah sebuah kota kecil. Di sana Anda dapat melihat becak yang jarang terlihat di Jakarta. Saat senja kala, naik becak mengelilingi daerah kota akan membuat Anda memperoleh kenangan yang sulit terlupakan.

Pernahkah mendengar Jalan Malioboro? Itu adalah jalan yang paling disukai wisatawan. Di sana Anda dapat membeli berbagai cendera mata yang indah sekali dan dapat menyantap sangat banyak hidangan lezat. Pendek kata, Yogyakarta adalah tempat yang sangat baik untuk bertamasya dan bersantai.

（三）問答題（Pertanyaan）

1. 日惹有哪些美稱呢？

2. 日惹為什麼會有這樣的美稱呢？

3. 在摩禮歐博羅街，你可以做哪些活動？

4. 日惹是一個怎麼樣的地方？

（四）新字與新詞（Kosakata）

1. 文化（名）：wénhuà　kebudayaan; kultur; peradaban

　◎阿姨給我介紹巴塔（Batak）族的文化。

　　Tante memperkenalkan kebudayaan suku Batak kepada saya.

2. 美稱（名）：měichēng　sebutan pujian

　◎香港（Hong Kong）有東方之珠的美稱。

　　Hong Kong mendapat sebutan pujian
　　Mutiara dari Timur.

3. 人民（名）：rénmín　rakyat

　◎我國人民都非常喜歡交朋友。

　　Rakyat kita sangat suka berteman.

4. 感（名）：gǎn　perasaan

　◎我對日惹的人民有好感。

　　Saya mempunyai kesan yang baik terhadap rakyat Yogyakarta.

5. 城市（名）：chéngshì　kota

　◎雅加達漸漸成為世界有名的大城市。

　　Jakarta berangsur-angsur menjadi kota besar yang terkenal di dunia.

> 城：城外（名）／城堡（名）

　◎城外有一條河，河裡有許多魚和蝦。

　◎城堡前面有一個美麗的花園。

6. 三輪車（名）：sānlúnchē　becak

◎妹妹每天騎三輪車上學。

　　Adik setiap hari naik becak ke sekolah.

7. 傍晚（名）：bàngwǎn　senja kala; waktu matahari akan terbenam

◎我常在傍晚散步。

　　Saya sering berjalan-jalan pada senja kala.

8. 乘坐（動）：chéngzuò　naik; menumpang

◎我乘坐輪船遊覽海上的風景。

　　Saya naik kapal melihat-lihat pemandangan laut.

乘：乘客（名）

◎計程車上可以坐四個乘客。

9. 市區（名）：shìqū　daerah kota; distrik kota

◎姐姐經常帶我到市區去買東西。

　　Kakak sering membawa saya belanja barang ke daerah kota.

區（名）：

◎這一區的交通很方便，到任何地方都很容易。

10. 難忘（形）：nánwàng　tak terlupakan; sulit dilupakan

◎這次的旅行讓我留下了難忘的回憶。

　　Wisata kali ini membuat saya memperoleh kenangan yang tak terlupakan.

忘：忘記（動）

◎我常忘記帶上學應該帶的東西。

11. 回憶（名）：huíyì　kenangan

◎日惹讓人留下難忘的回憶。

Yogyakarta membuat orang meninggalkan kenangan yang sulit dilupakan.

憶：憶起（動）

◎他還能憶起小時候的一些事情。

12. 喜愛（形）：xǐ'ài　suka; gemar

◎洋娃娃是妹妹最喜愛的玩具。

Boneka merupakan mainan yang paling disukai Adik.

13. 街（名）：jiē　jalan; daerah kota yang banyak tokonya; daerah pertokoan

◎清潔隊員每天早上在街上打掃。

Anggota regu kebersihan setiap pagi menyapu di jalan.

街：街燈（名）

◎到了晚上，街燈都亮了起來。

14. 精緻（形）：jīngzhì　halus; indah sekali

◎印尼的手工藝品做得非常精緻。

Hasil kerajinan tangan Indonesia dibuat dengan indah sekali.

精：精美（形）／精彩（形）

◎這一個杯子做得很精美。
◎這次的活動辦得很精彩。

15. 紀念品（名）：jì'niànpǐn　sovenir; tanda mata; cendera mata

◎我在東爪哇買了許多精緻的紀念品。

Saya membeli berbagai tanda mata yang indah sekali di Jawa Timur.

16. 總而言之（副）：zǒngéryánzhī　singkatnya; pendeknya

◎總而言之，這次遠行讓我認識到印尼的各地名勝。

Singkatnya, perjalanan jauh kali ini membuat saya mengenal objek wisata Indonesia di berbagai tempat.

17. 休閒（形）：xiūxián　bersantai; beristirahat

◎動物園是假日休閒的好地方。

Kebun binatang merupakan tempat bersantai yang baik di hari libur.

二、會話（Percakapan）

阿民：山美，上星期的假期你到哪兒
　　　去了？

山美：我和我姐姐去了日惹。

麗莎：我從來沒去過日惹，那兒好玩
　　　嗎？

山美：當然好玩！我們在那兒玩了四天，總是覺得還玩不夠
　　　似的。

阿民：日惹有什麼好玩的地方呢？

山美：很多！如摩禮歐博羅街、皇宮和巴朗特里迪斯海灘。

麗莎：聽說在摩禮歐博羅街可以買到許多特別的紀念品，對
　　　嗎？

山美：是的！我買了一些紀念品，打算送給你們，等一會兒再
　　　拿給你們。

阿民：那就先謝了！

山美：在日惹最有趣的是，坐在路邊小販所鋪的草蓆上吃東

西，這讓我很輕鬆、很愉快。

阿民：聽你這麼說，我決定下個假期到日惹去旅遊。

山美：好啊！保證不會讓你失望。

（一）漢語拼音（*Hanyu Pinyin*）

Èr　HuìHuà

ĀMín	:	ShānMěi, shàngxīngqī de jiàqī nǐ dào nǎr qù le?
ShānMěi	:	Wǒ hé wǒjiějie qùle Rìrě.
LìShā	:	Wǒ cónglái méi qùguò Rìrě, nàr hǎowán ma?
ShānMěi	:	Dāngrán hǎowán! Wǒmen zài nàr wánle sìtiān, zǒngshì juéde hái wán búgòu shìde.
ĀMín	:	Rìrě yǒu shénme hǎowán de dìfāng ne?
ShānMěi	:	Hěnduō! Rú Mólǐōubóluójiē, Huánggōng hé Bālǎngtèlǐdísī hǎitān.
LìShā	:	Tīngshuō zài Mólǐōubóluójiē kěyǐ mǎidào xǔduō tèbié de jì'niànpǐn, duìma?
ShānMěi	:	Shìde! Wǒ mǎile yìxiē jì'niànpǐn, dǎsuàn sònggěi nǐmen, děngyìhuǐr cái nágěi nǐmen.
ĀMín	:	Nà jiù xiān xiè le!
ShānMěi	:	Zài Rìrě zuì yǒuqù de shì, zuò zài lùbiān xiǎofàn suǒ pū de cǎoxí shàng chī dōngxi, zhè ràng wǒ hěn qīngsōng, hěn yúkuài.
ĀMín	:	Tīng nǐ zhème shuō, wǒ juédìng xià ge jiàqī dào Rìrě qù lǚyóu.
ShānMěi	:	Hǎo a! Bǎozhèng búhuì ràng nǐ shīwàng.

（二）翻譯（Terjemahan）

Amin : "Sambi, masa liburan sekolah lalu kamu pergi ke mana?"

Sambi : "Saya dan Kakak saya pergi ke Yogya."

Lisa : "Saya tak pernah ke Yogyakarta, sana menarik enggak?"

Sambi : "Tentu menarik! Kami bermain empat hari di sana, selalu merasa seolah-olah masih belum puas mainnya."

Amin ："Yogya ada tempat apa yang menarik?"
Sambi ："Sangat banyak! Misalnya Jalan Malioboro, keraton dan Pantai Parangtritis."
Lisa ："Katanya di Malioboro kita dapat membeli berbagai cendera mata yang unik, benar enggak?"
Sambi ："Benar! Saya telah membeli beberapa tanda mata yang rencananya mau diberikan kepada kalian, tunggu sebentar baru ambilkan untuk kalian."
Sambi ："Kalau begitu terima kasih dulu ya!"
Sambi ："Di Yogya yang paling menarik adalah duduk di tepi jalan, menyantap makanan di atas tikar yang digelar oleh para pedagang kecil, ini membuat saya merasa sangat lega, sangat menyenangkan."
Amin ："Mendengar perkataanmu begini, saya berencana pergi bertamasya ke Yogyakarta pada masa liburan berikutnya.
Sambi ："Bagus! Dijamin kamu tak akan kecewa."

（三）新字與新詞（Kosakata）

1. 假期（名）：jiàqī　masa liburan

◎每年春節假期，我們全家人都會回鄉下看奶奶。

Setiap liburan Imlek, kami segenap keluarga akan pulang ke desa menjenguk nenek.

> 假：暑假（名）／放假（動）

◎小孩子最喜歡放暑假。
◎爸爸放假，我們就有機會到國外去玩。

> 期：期間（名）／日期（名）

◎放假期間，學校沒有學生。
◎我們起程的日期是七月二十號。

2. 不夠（副）：búgòu　tidak cukup

◎他想買一杯可樂，可是他帶的錢不夠。

Dia ingin membeli segelas *Coke*, tetapi uang yang dibawanya tidak cukup.

夠（副）：

◎我每天都覺得時間不夠用。

3. 皇宮（名）：huánggōng　keraton; istana

◎歐洲的皇宮都裝飾得非常美麗。

　Istana di Eropa semuanya dihiasi dengan indah sekali.

4. 聽說（動）：tīngshuō　konon; kata orang; mendengar

◎我聽說你要去臺灣讀書，是真的嗎？

　Kata orang kamu mau belajar ke Taiwan, apakah benar?"

5. 特別（形）：tèbié　unik; khusus; istimewa

◎阿姨從夏威夷帶回來許多特別的貝殼。

　Tante membawa pulang berbagai rumah kerang unik dari Hawaii.

特（副）：

◎姐姐的語言能力特強，會說八國語言。

6. 送（動）：sòng　memberi; menghadiahkan; mengantarkan

◎叔叔在峇里島送了我們很多有名的雕刻品。

　Di Pulau Bali Paman menghadiahkan kami banyak sekali karya ukiran yang terkenal.

7. 小販（名）：xiǎofàn　pedagang kecil; penjaja keliling

◎許多小販在街上叫賣，真是熱鬧。

　Banyak pedagang kecil meneriakkan dagangannya di jalan, sangat ramai."

8. 草蓆（名）：cǎoxí　tikar rumput

◎哥哥喜歡睡在草蓆上。

　Abang suka tidur di atas tikar rumput.

> 草：草原（名）／草地（名）

◎有一匹馬在草原上奔跑。

◎這座花園的草地看起來非常舒服。

9. 輕鬆（形）：qīngsōng　santai; mudah;lega.

◎功課做完了，我覺得很輕鬆。

　　Tugas sekolah sudah diselesaikan, saya merasa sangat lega.

> 輕（形）：

◎你看她整天都在吃東西，為什麼體重還這麼輕呢？

> 鬆（動）：

◎考完試，她可以鬆一口氣了。

10. 保證（動）：bǎozhèng　menjamin

◎我保證以後一定不再說謊。

　　Saya jamin sesudah itu pasti tidak berbohong lagi.

> 證：證實（動）

◎沒有經過證實的話不可以說。

11. 失望（形）：shīwàng　kecewa; putus asa; putus harapan

◎妹妹的考試成績很不理想，讓媽媽很失望。

　　Nilai ujian Adik sangat jauh dari harapan, membuat Mama sangat kecewa.

> 失：失敗（動）／失去（動）

◎失敗了沒有關係，最重要的是你還有站起來的勇氣。

◎他失去了去英國留學的機會，讓他感到非常難過。

三、語法（Tata Bahasa）

（一）因為……所以……（Karena...sehingga...）

Pola kalimat "因為……所以……" menyatakan alasan dan akibat yang dihasilkan dari suatu hal atau tindakan.

因為	Alasan	，所以	Akibat
	很累		他不來了。

1. 因為我昨天有別的事，所以沒去找你。

2. 因為她生病了，所以她覺得很不舒服。

3. 因為小明忘了做功課，所以老師很生氣。

4. 因為天氣不好，所以飛機改在明天起飛。

（二）都

"都" mengandung makna sebagai berikut:

A. Semua

1. 大家都玩得很開心。

2. 他們都去學校了。

3. 你什麼時候都可以來找我。

B. Sudah

1. 三年不見，你的頭髮都白了。

2. 他現在都十歲了，還不會自己穿衣服。

3. 都晚上十二點了，還不趕快去睡覺！

C. Bersama 是 menyatakan penyebab dari suatu hal atau keadaan

1. 都是那場大雨，使我們出不了門。

2. 我們去不了雅加達，都是他的錯。

3. 都是你的一句話把她弄哭了。

（三）打算（Mempertimbangkan; Merencanakan）

Subjek	打算	Hal yang Dilakukan
阿里		買（一件）新衣服。

1. 我打算明天到巴淡去旅行。

2. 雅麗打算吃了飯，就回家。

3. 他打算在暑假的時候去美國玩。

4. 叔叔打算明年再去北京學中文。

5. 妹妹打算在父親節的時候，送一輛汽車給父親。

四、語法練習（Latihan Tata Bahasa）

（一）填空（將框裡的句子填進空格裡）

Isilah kalimat berikut dengan menggunakan kata-kata di dalam kotak!

```
┌─────────────────────────────────────┐
│ A. 想吃飯                             │
│ B. 想喝水                             │
│ C. 要去醫院看醫生                     │
│ D. 想睡覺                             │
│ E. 要穿外套                           │
│ F. 感冒了                             │
└─────────────────────────────────────┘
```

1. 因為天氣冷了，所以（ E ）＿＿＿要穿外套＿＿＿。

2. 因為媽媽生病了，所以（　）＿＿＿＿＿＿＿＿。

3. 因為我口渴了，所以（　）＿＿＿＿＿＿＿＿。

4. 因為弟弟肚子餓了，所以（　）＿＿＿＿＿＿＿。

5. 因為我淋了雨，所以（　）＿＿＿＿＿＿＿＿。

6. 因為爸爸很累了，所以（　）＿＿＿＿＿＿＿。

（二）依照提示完成對話

Selesaikan percakapan berikut seperti yang terdapat pada contoh!

例：

老師：哈山，你昨天為什麼沒來學校上課？

哈山：因為我頭痛，所以沒來上課。（頭痛）

1. 山美：為什麼爸爸要打弟弟？

   媽媽：＿＿＿＿＿＿＿＿＿＿＿＿＿＿＿＿＿＿。

   （弟弟說謊）

2. 哈山：你看，天空出現一道彩虹耶！

　　山美：嗯，我覺得彩虹好美喔！

　　哈山：你知不知道為什麼天空會出現彩虹？

　　山美：我不知道。

　　哈山：＿＿＿＿＿＿＿＿＿＿＿＿＿＿＿＿＿＿＿。

（剛剛下過雨）

3. 山美：媽媽，我考了第一名。

　　媽媽：太棒了，媽媽送你一本故事書。

　　山美：＿＿＿＿＿＿＿＿＿＿＿＿＿＿＿＿＿＿＿。

（媽媽買禮物給我）

4. 爸爸：哈山，為什麼你的數學成績非常差？

　　哈山：＿＿＿＿＿＿＿＿＿＿＿＿＿＿＿＿＿＿＿。

（我不用功）

(三)請圈出正確的答案

Lingkarilah jawaban yang benar!

例：

阿美：就快下雨了，你出門帶了雨傘嗎？

阿民：我沒帶雨傘。

山美：我也沒帶雨傘。

哈山：你們（都／都是）沒帶雨傘出門啊！

1. 老師：這個星期二的數學測驗大家（都／都是）考得很不錯。你們（都／都是）好學生，我感到很高興。

2. 哈山：媽媽，現在幾點了？

   媽媽：（都／都是）十二點了，做好功課就去睡覺。

3. （都／都是）這場大雪，使得機場關閉，成千上萬的遊客只能睡在機場裡。

4. 山美：我家的院子有很多樹木。那兒有榕樹、松樹和香樹。

   全家人每天（都／都是）很早起床為這些植物澆水，（都／都是）我們的努力，使我家的院子更加涼快。

   哈山：聽你這麼說，我想去看看你家的院子。

   山美：歡迎你來。

（四）依照提示改寫句子

Tulis ulang kalimat-kalimat berikut seperti yang terdapat pada contoh!

例：

我喜歡打籃球，爸爸喜歡打網球，媽媽喜歡跳舞。

→我的家人都喜歡運動。（都／運動）

1. 我上中學，姐姐上大學，弟弟上幼稚園。

   →_____。（都／上學）

   →_____。（都是／學生）

2. 哈山喜歡吃蘋果，山美喜歡吃葡萄，阿民喜歡吃芒果。

→＿＿＿＿＿＿＿＿＿＿＿＿＿＿＿＿＿＿＿＿。（都／水果）

3. 山美：你的生日是什麼時候？

　　麗雅：二月十四日是我的生日。

　　山美：我也是在二月十四日出生的。

→＿＿＿＿＿＿＿＿＿＿＿＿＿＿＿＿＿＿＿＿。（都是）

4. 山美：老師為什麼會這麼生氣？

　　哈山：因為阿民說謊。

→＿＿＿＿＿＿＿＿＿＿＿＿＿＿＿＿＿＿。（都是……的錯）

5. 老師：麗雅，請問日惹的美稱是什麼？

　　麗雅：文化之城是日惹的美稱。

　　老師：還有什麼是日惹的美稱？

　　哈山：還有學生之城也是日惹的美稱。

→＿＿＿＿＿＿＿＿＿＿＿＿＿＿＿＿＿＿＿＿。（都是）

五、文章閱讀（Membaca）

寫給麗莎的一封信

麗莎：

你好！自從你去了美國之後，同學都很想念你。你現在過得好不好？

今年寒假，我和我的家人到日惹去玩。日惹是個古老的城市，那兒有很多好玩的地方，如摩禮歐博羅街、美麗的皇宮和巴朗特里迪斯海灘。在摩禮歐博羅街上可以買到許多精緻的紀念品，我買了一些紀念品送給你，過幾天你就會收到，希望你會喜歡。

我知道你喜歡大海，所以我在巴朗特里迪斯海灘拍了幾張照片，先寄幾張給你看看。明天我就要回英國了。雖然在日惹只玩了五天，卻留下了不少難忘的回憶。在美國有沒有特別有趣的事情呢？也請你寫信告訴我。

時間不早了，就寫到這兒吧！期待你的回信。

祝你：

學業進步！

你的朋友　山美
九十六年四月一日

問題與討論（Pertanyaan dan Diskusi）

1. 今年寒假山美去了哪兒？
2. 山美送什麼東西給麗莎？
3. 山美為什麼拍了些照片給麗莎？

4. 說說你想去日惹的什麼地方遊玩？為什麼？

5. 寫一封約三百字的信給你的朋友，告訴他令你難忘的旅遊經驗。

六、課堂活動（Kegiatan Kelas）

日惹旅遊

1. 教師以一些圖片詢問學生一些訊息，如：地理位置、著名景點、特色等等。

教師：山美，這是什麼城市呢？

山美：這個城市是日惹。

教師：它有什麼美稱呢？

山美：它有文化和學生之城的美稱。

2. 在詢問的過程中帶出語法點，如：

教師：你最想去日惹的哪一個地方玩呢？

學生：我最想去摩禮歐博羅街玩。

教師：為什麼？（請學生用「因為……所以……」的句型）

學生：因為我喜歡購物，所以我最想去摩禮歐博羅街玩。

3. 進一步詢問學生還想旅遊的地方，帶出「都」的語法點。

教師：你還想去哪兒玩呢？

山美：我還想去巴朗特里迪斯海灘玩。

教師：小武，山美想去摩禮歐博羅街還是巴朗特里迪斯海灘？

小武：這兩個地方他都想去。

詢問的內容不一定要以地點為主，也可以問一些有關小吃、購物的部分。

4. 最後可以請學生敘述自己如何安排日惹的旅程。

Berwisata di Yogyakarta

1. Guru menggunakan beberapa gambar menanyakan berbagai informasi kepada siswa, misalnya letak geografis, lokasi objek wisata terkenal, keunikannya dll.

    Guru   : "Sambi, ini kota apa?"

    Sambi   : "Kota ini adalah Yogyakarta."

    Guru   : "Dia ada sebutan pujian apa?"

    Sambi   : "Dia mempunyai sebutan pujian kota Budaya dan kota Pelajar."

2. Gunakan tata bahasa pada saat mengajukan pertanyaan, misalnya:

    Guru   : "Di Yogya, kamu paling ingin bermain ke tempat mana?"

    Siswa   : "Saya paling ingin pergi bermain ke Jalan Malioboro."

    Guru   : "Mengapa?" (Minta siswa menggunakan pola kalimat "因為……所以……".)

    Siswa   : "Karena saya suka belanja, sehingga saya paling ingin pergi bermain ke Jalan Malioboro.

3. Tanyakan lebih lanjut kepada siswa masih ingin berwisata ke tempat mana. Gunakan tata bahasa "都".

    Guru   : "Kamu masih ingin pergi bermain ke tempat mana?"

    Sambi   : "Saya masih mau pergi bermain ke Pantai Parangtritis."

    Guru   : "Xiao Wu, Sambi ingin ke Jalan Malioboro atau Pantai Parangtritis?"

    Xiao Wu : "Kedua tempat ini dia ingin pergi semuanya."

    Isi pertanyaan tidak harus menggunakan nama tempat saja, dapat juga menanyakan berbagai hal mengenai makanan kecil dan belanja.

4. Pada akhirnya bisa meminta siswa menuturkan bagaimana dirinya mengatur Perjalanan Wisata Yogyakarta.

第三課 中國菜
(Masakan Tionghoa)

一、閱讀（Wacana）

　　我國有許多來自世界各地的美食，中國菜是其中之一。在城市裡，通常可以找到中國餐館。在餐館裡，您可以享受到許多美味可口的食物，從最普通的炒麵到昂貴的燕窩都有。

　　在中國餐館裡，為了享受美食，您要學習如何用筷子夾食物，所以筷子算是比較特別的餐具。

中式早餐店都在早上營業，在那兒可以找到中國人愛吃的早點，如包子、燒賣和粥。在這些食物中，粥應該是最特別的食物，因為我國人民沒有吃粥的習慣，所以粥在印度尼西亞並不常見。

（一）漢語拼音（*Hanyu Pinyin*）

Dìsānkè　Zhōngguócài

Yī　YuèDú

Wǒguó yǒu xǔduō láizì shìjièdìde měishí, Zhōngguócài shì qízhōng zhī yī. Zài chéngshì lǐ, tōngcháng kěyǐ zhǎodào Zhōngguó cānguǎn. Zài cānguǎn lǐ, nín kěyǐ xiǎngshòudào xǔduō měiwèi kěkǒu de shíwù, cóng zuì pǔtōng de chǎomiàn dào ángguì de yànwō dōuyǒu.

Zài Zhōngguó cānguǎn lǐ, wèile xiǎngshòu měishí, nín yào xuéxí rúhé yòng kuàizi jiā shíwù, suǒyǐ kuàizi suànshì bǐjiào tèbié de cānjù.

Zhōngshì zǎocāndiàn dōu zài zǎoshàng yíngyè, zài nàr kěyǐ zhǎodào Zhōngguórén àichī de zǎodiǎn, rú Bāozi, Shāomài hé Zhōu. Zài zhèxiē shíwù zhōng, Zhōu yīnggāishì zuìtèbié de shíwù, yīnwèi wǒguó rénmín méiyǒu chī Zhōu de xíguàn, suǒyǐ Zhōu zài Yìndùníxīyà bìng bù chángjiàn.

（二）翻譯（Terjemahan）

Pelajaran III. Masakan Tionghoa

Negara kita mempunyai masakan lezat dari berbagai penjuru dunia, masakan Tionghoa adalah satu di antaranya. Di perkotaan, biasanya dapat ditemukan restoran masakan Tionghoa. Di dalam restoran, Anda bisa menikmati berbagai makanan lezat, dari mi goreng yang biasa hingga sarang burung walet yang mahal semuanya tersedia.

Di dalam restoran masakan Tionghoa, demi menikmati hidangan enak, Anda harus belajar bagaimana menggunakan sumpit untuk mengambil makanan, sehingga sumpit termasuk perlengkapan makan yang agak unik.

Restoran makanan pagi khas Tionghoa semuanya buka pada pagi hari, di sana dapat ditemukan sarapan yang disukai orang Tionghoa, misalnya bakpao, *siomai* dan bubur. Di antara makanan ini, bubur seharusnya merupakan makanan yang paling unik, karena rakyat kita tidak mempunyai kebiasaan makan bubur, oleh sebab itu bubur tidaklah umum ditemukan di Indonesia.

（三）問答題（Pertanyaan）

1. 在中華餐館裡，你可以吃到什麼美食？

2. 吃中國菜的用具有哪些？

3. 筷子有什麼用處？

4. 你吃過包子或燒賣嗎？

5. 你喜歡吃粥嗎？為什麼？

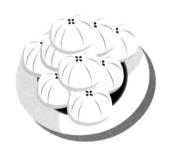

（四）新字與新詞（Kosakata）

1. 中國菜（名）：zhōngguócài masakan Tionghoa; hidangan Tionghoa

   ◎他到學校餐廳去吃中國菜。

   Dia pergi makan hidangan Tionghoa ke kantin sekolah.

2. 享受（動）：xiǎngshòu　menikmati

   ◎在家裡，我們可以享受到父母親的愛。

   Di rumah, kita dapat menikmati kasih sayang orang tua.

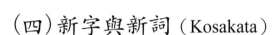

受（動）：

   ◎他是個好學生，在班上非常受歡迎。

3. 普通（形）：pǔtōng　biasa; umum; awam

   ◎這件衣服的樣子很普通，我不喜歡。

   Model baju ini biasa-biasa saja, saya tidak suka.

4. 昂貴（形）：ángguì　mahal; tinggi harganya

   ◎這皮包很昂貴，我買不起。

   Tas kulit ini sangat mahal, saya tak mampu beli.

昂（動）：

◎軍人昂著頭，大步向前走。

5. 燕窩（名）：yànwō　sarang burung walet

◎這盒燕窩是媽媽送給奶奶的生日禮物。

Sarang burung walet ini adalah kado ulang tahun yang Mama berikan kepada Nenek.

燕：燕子（名）

◎燕子在春天飛到北方，在夏天飛到南方。

6. 營業（動）：yíngyè　menjalankan atau menyelenggarakan usaha

◎這家百貨公司每天早上十一點營業。

Toko serba ada ini buka setiap hari jam 11.00 pagi.

7. 平時（副）：píngshí　waktu biasa; hari-hari biasa

◎他平時都搭公車上學，為什麼今天搭計程車呢？

Pada hari-hari biasa dia selalu naik bis ke sekolah, mengapa hari ini naik taksi?

平（形）：

◎因為這條馬路很平，所以不常出車禍。

時：時間（名）

◎上課時間到了，我們快點進教室吧！

8. 包子（名）：bāozi

bakpao (sejenis roti kukus berisi daging atau bahan-bahan yang manis)

◎我最愛吃包子，尤其是紅豆包子。

Saya paling suka makan bakpao, terutama bakpao kacang merah.

包：包水餃（動）

◎外婆教我包水餃。

9. 燒賣（名）：shāomài

siomai (makanan berisi daging cincang dan udang yang dibungkus dengan kulit yang dibuat dari tepung terigu)

◎我在中國餐廳裡吃了許多美味可口的燒賣。

Saya telah makan berbagai *siomai* yang enak di restoran masakan Tionghoa.

燒：燒菜（動）

◎廚師整天在廚房裡燒菜。

10. 筷子（名）：kuàizi　sumpit

◎在臺灣，他們都用筷子吃飯，用湯匙喝湯。

Di Taiwan, mereka semuanya makan nasi dengan sumpit, minum kuah dengan sendok.

11. 夾（動）：jiā　menjepit; mengapit; mengambil dengan menjepit

◎外公夾了許多菜放在我的碗裡。

Kakek mengambil dan meletakkan berbagai masakan ke dalam mangkok saya.

12. 粥（名）：zhōu　bubur

◎每次我生病，媽媽一定煮粥給我吃。

Setiap kali saya sakit, Mama pasti memasak bubur untuk saya.

13. 並（副）：bìng　dipakai di depan kata pengingkaran sebagai penegasan

◎他做事並不是不認真，只是不用心。

Dia melakukan sesuatu bukanlah tidak serius, hanya saja tidak tekun.

二、會話 (Percakapan)

山美 ： 雅妮。早點想要吃什麼？

雅妮 ：我要一份鳳爪。這兒有燒賣嗎？

山美 ：我想大概有吧！在大部分的中式早餐店都能買得到燒賣，我問一下服務員。小姐！請過來一下！

山美 ：我們要一份雞肉餡包子和一份鳳爪。請問這家餐廳有沒有燒賣？

服務員：有的，先生！在我們這兒您可以吃到美味可口的燒賣。

雅妮 ：好極了！我們要兩份燒賣，和一份豆沙包。

服務員：好的！你們點的點心是一份雞肉包、一份鳳爪、兩份燒賣和一份豆沙包，對嗎？

雅妮 ：完全正確！

服務員：謝謝，請稍等一下！

(一)漢語拼音 (Hanyu Pinyin)

Èr HuìHuà

ShānMěi ： YǎNī. Zǎodiǎn xiǎngyào chī shénme?
YǎNī ： Wǒ yào yí fèn Fèngzhuǎ. Zhèr yǒu Shāomài ma?
ShānMěi ： Wǒ xiǎng dàgài yǒu ba! Zài dàbùfèn de zhōngshì zǎocāndiàn dōu néng mǎidedào Shāomài, wǒ wèn yíxià fúwùyuán. Xiǎojiě! qǐng guòlái yíxià!

ShānMěi : Wǒmen yào yí fèn Jīròuxiàn Bāozi hé yí fèn Fèngzhuǎ. Qǐngwèn
zhè jiā cāntīng yǒu méiyǒu Shāomài?

Fúwùyuán : Yǒu de, xiānsheng! Zài wǒmen zhèr nín kěyǐ chīdào měiwèi
kěkǒu de Shāomài.

YǎNī : Hǎojíle! Wǒmen yào liǎng fèn Shāomài hé yí fèn Dòushābāo.

Fúwùyuán : Hǎo de! Nǐmen diǎn de diǎnxīn shì yí fèn Jīròubāo, yí fèn
Fèngzhuǎ, liǎng fèn Shāomài hé yí fèn Dòushābāo, duì ma?

YǎNī : Wánquán zhèngquè!

Fúwùyuán : Xièxie, qǐng shāoděng yíxià!

（二）翻譯（Terjemahan）

Sambi : "Yani. Ingin makan apa untuk sarapan?"

Yani : "Saya mau seporsi cakar ayam. Sini jual *siomai*?"
Saya pikir kemungkinan ada. Di sebagian besar restoran makanan
pagi khas Tionghoa tersedia *siomai*, biar saya tanyakan kepada
pelayan. Nona! Mohon kemari sebentar!"

Sambi : "Kami ingin seporsi bakpao isi daging ayam dan seporsi cakar ayam.
Restoran ini menyediakan *siomai* enggak?"

Pelayan : "Ada, Tuan! Di tempat kami Anda dapat makan *siomai* yang lezat."

Yani : "Asyik banget! Kami mau dua porsi *siomai* dan satu porsi bakpao
kacang merah."

Pelayan : "Baik! Kue yang kalian pesan adalah seporsi bakpao daging ayam,
seporsi cakar ayam, dua porsi *siomai* dan satu porsi bakpao kacang
merah, apakah benar?"

Yani : "Benar semuanya!"

Pelayan : "Terima kasih, mohon tunggu sebentar!"

（三）新字與新詞（Kosakata）

1. 早點（名）：zǎodiǎn　　makanan pagi

◎媽媽每天早上為全家人準備好吃的早點。

Setiap pagi Mama menyiapkan sarapan yang enak untuk segenap keluarga.

點：點心（名）

◎這家餐廳的點心很有名,你可以帶家人來吃。

2. 一份(數量):yífèn　satu porsi; satu bagian

◎請問這一份燒賣多少錢?

Maaf, bolehkah tanya satu porsi *siomai* ini berapa duit?

3. 鳳爪(名):fèngzhuǎ　cakar ayam; cakar burung *hong*

◎鳳爪就是雞爪。

Cakar burung *hong* adalah cakar ayam.

鳳:鳳凰(名)

◎鳳凰和龍是中國人最喜歡的動物。

4. 雞肉(名):jīròu　daging ayam

◎在市場裡,有一個賣雞肉的小販,很受顧客的歡迎。

Di dalam pasar terdapat seorang penjual daging ayam, yang sangat disukai pembeli.

5. 餡(名):xiàn　isi; isian; pengisi

◎因為燒賣裡有好吃的魚肉餡,所以我喜歡吃燒賣。

Karena di dalam *siomai* ada isian daging ikan yang enak, sehingga saya suka makan *siomai*.

6. 豆沙(名):dòushā

kacang merah yang direbus, dilumatkan dan diberi gula

◎用豆沙做的包子非常可口美味。

Bakpao yang dibuat dengan kacang merah sangat lezat.

7. 點(動):diǎn　memesan; memilih

◎她點的東西非常好吃,你一定會喜歡的。

Masakan yang dipesannya sangat enak, kamu pasti akan suka.

8. 完全（副）：wánquán　　semuanya; sama sekali; segala-galanya

◎老師教的數學我完全聽不懂。

　　Saya sama sekali tidak mengerti matematika yang diajarkan guru.

完：完成（動）

◎他昨天晚上才把工作完成。

全：全班（名）

◎因為全班都很努力，所以老師請大家喝飲料。

9. 正確（形）：zhèngquè　　benar

◎老師的問題他都答得很正確。

　　Dia menjawab semua pertanyaan guru dengan benar sekali.

正：正前方（名）

◎在她的正前方有一隻可愛的小狗。

確：確定（動）

◎我確定爸爸上星期去了醫院。

三、語法（Tata Bahasa）

※常用的合成方位詞(Kata Gabungan Penunjuk Posisi yang Sering Digunakan)

上（面）、下（面）	上（頭）、下（頭）	上（邊）、下（邊）
左（邊）、右（邊）	後（面）、前（面）	後（頭）、前（頭）
裡（面）、外（面）	裡（頭）、外（頭）	中間　　旁邊

Kata gabungan penunjuk posisi dapat digunakan dalam kalimat-kalimat berikut:

Kata Benda	Kata Gabungan Penunjuk Posisi	有／沒有	Kata Benda
房間	裡面		洋娃娃。

Kata Benda	Kata Gabungan Penunjuk Posisi	有／沒有	Kata Bantu Bilangan	Kata Benda
房間	裡面		一個	洋娃娃。

1.

老師：桌子上面有沒有鬧鐘？

小明：有，桌子上面有一個鬧鐘。

老師：桌子下面有鬧鐘嗎？

小明：沒有。桌子下面沒有鬧鐘。

2.

小玉：盒子裡面有沒有黑球？

小山：有，盒子裡面有一顆黑球。

小玉：盒子外面有什麼？

小山：盒子外面有一顆紅球。

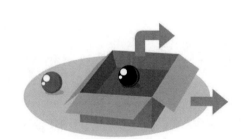

（一）……有……嗎？

Pola kalimat "……有……嗎？" digunakan untuk menanyakan ada tidaknya sesuatu.

Kata Benda	Kata Penunjuk Posisi	有	Kata Benda	嗎？
椅子	下		書	

1. 天上有小鳥嗎？

2. 屋子外有人嗎？

3. 餐廳後面有洗手間嗎？

4. 書店旁邊有便利商店嗎？

（二）大概 （Kemungkinan）

"大概" menunjukkan perkiraan yang paling mungkin terjadi.

Subjek	Keterangan	大概	Hal yang Diperkirakan
爸爸	（明天）		會去雅加達。

1. 已經十二點了，百貨公司大概關門了。

2. 地這麼髒，我想這家餐廳大概很久沒人來了。

3. 這種昂貴的皮包，大概要在那間店才買得到吧！

4. 她很少看電影，所以我覺得她大概不喜歡看電影。

（三）Kata Kerja＋一下

Pola kalimat ini menyatakan terdapatnya suatu tindakan yang singkat atau mendesak.

Subjek	Kata Kerja	一下	Objek
我	去		洗手間。

1. 等一下，我就來。

2. 你去看一下他怎麼了。

3. 她請我幫她找一下她的小狗。

4. 姐姐想要遊覽一下日惹的摩禮歐博羅街。

5. 老師叫我們討論一下課本上的問題，然後再告訴我們正確的答案。

（四）……有沒有……？

Pola kalimat "……有沒有……？"juga digunakan untuk menanyakan ada tidaknya sesuatu.

Kata Benda	Kata Penunjuk Posisi	有沒有	Kata Benda	?
床	上		筆	

1. 杯子裡有沒有錢？

2. 桌子上有沒有書？

3. 盒子裡有沒有球？

四、語法練習（Latihan Tata Bahasa）

（一）看圖完成句子（Lihat Gambar dan Menyelesaikan Kalimat）

例：

這個男孩的旁邊有什麼？
→ <u>這個男孩的旁邊有一隻狗。</u>

房子旁邊有沒有樹？
→<u>沒有。房子旁邊有一輛車。</u>

1.

桌子上有沒有書？

→＿＿＿＿＿＿＿＿＿＿＿＿＿＿＿＿＿＿＿＿＿＿＿＿＿＿。

桌子下面有什麼？

→＿＿＿＿＿＿＿＿＿＿＿＿＿＿＿＿＿＿＿＿＿＿＿＿＿＿。

三

2.

椅子的旁邊有什麼？

→_____。

椅子上有沒有貓？

→_____。

3.

樹上有什麼？

→_____。

樹下有一隻狗嗎？

→_____。

4.

盒子裡有什麼？

→＿＿＿＿＿＿＿＿＿＿＿＿＿＿＿＿＿＿＿＿＿＿＿＿＿。

盒子外面有什麼？

→＿＿＿＿＿＿＿＿＿＿＿＿＿＿＿＿＿＿＿＿＿＿＿＿＿。

5.

沙發上有一本書嗎？

→＿＿＿＿＿＿＿＿＿＿＿＿＿＿＿＿＿＿＿＿＿＿＿＿＿。

沙發的後面有什麼？

→＿＿＿＿＿＿＿＿＿＿＿＿＿＿＿＿＿＿＿＿＿＿＿＿＿。

6.

桌子上有鬧鐘嗎？

→＿＿＿＿＿＿＿＿＿＿＿＿＿＿＿＿＿＿＿＿＿＿＿＿＿＿＿＿。

桌子的旁邊有什麼？

→＿＿＿＿＿＿＿＿＿＿＿＿＿＿＿＿＿＿＿＿＿＿＿＿＿＿＿＿。

(二)請用「有」完成句子

Gunakan "有" untuk menyelesaikan kalimat-kalimat berikut!

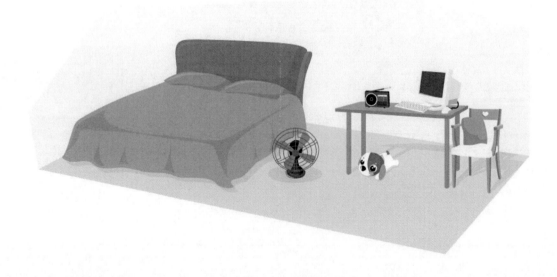

這是阿里的房間，房間裡有一張床，旁邊 <u>有一部電風扇</u>。他的房間裡還有一張桌子，桌子下面_____，牠的名字叫小乖。桌子上_____，電腦旁邊_____，這台收音機是他今年的生日禮物。桌子旁邊_____，他常坐在椅子上看書，椅子上_____，他喜歡抱抱枕睡覺。

五、文章閱讀（Membaca）

給朋友的一封信

收件者：<u>lili@hotmail.com</u>　　主旨：給親愛的朋友

小麗ˆˆ：

　　我是小美，你過得好嗎？好久沒用網際網路寄信給你了，因為上個月學校有一個考試，所以我每天都在家裡溫習功課，現在我已經考完了，成績還不錯呢！

　　澳洲的天氣如何？因為現在是印度尼西亞的旱季，所以天氣很熱。我這次寄信給你，是想要告訴你上個星期天我們全家到日惹去玩。在那兒，我們看到已經絕跡的三輪車，在摩禮歐博羅街買到許多精緻的紀念品，在中國餐館吃了許多可口的美食，為了享受美食，我們要學習如何用筷子夾食物。

　　中式早餐店裡也有中國人喜歡吃的食物，如包子、燒賣和粥。在這些食物中，我最喜歡燒賣，因為裡頭包了各種美味的餡，所以我們全家吃得很開心，也玩得很愉快。你去過什麼地方玩呢？也跟我說說你的回憶吧！☺

問題與討論（Pertanyaan dan Diskusi）

1. 為什麼小美很久沒寄信給小麗？

2. 印度尼西亞的天氣如何？為什麼？

3. 小美為什麼要寄信給小麗？

4. 小美在日惹看到什麼？買到什麼？吃到什麼？

5. 小美最喜歡吃中式早餐的什麼食物？為什麼？

6. 中國食物裡，你最喜歡吃什麼？為什麼？

7. 你覺得用筷子夾食物難不難？為什麼？

8. 你吃東西的時候，喜歡用筷子嗎？為什麼？

六、課堂活動（Kegiatan Kelas）

角色扮演

　　讀完以下會話後，請同學們三人一組，一個當服務員，另外兩個分別當哈山和美美，依會話情境學點菜！（美美和哈山到中式早餐店去吃早餐）

服務員　：「你們想點什麼？」

美美　　：「哈山，你想吃什麼？」

哈山　　：「我想吃豆沙包，這家店有豆沙包嗎？」

美美 　　：「我問一下服務員。小姐（先生），請問這家店有沒有豆沙
　　　　　包？」

服務員　：「有的，先生！在這兒您可吃到美味可口的豆沙包，請問您
　　　　　要幾份？」

哈山 　　：「我要一份豆沙包，美美，你想吃什麼？」

美美 　　：「我也要一份豆沙包。」

服務員　：「好的！兩份豆沙包，請問要不要點飲料？」

哈山 　　：「謝謝，不用了。請問兩份豆沙包總共多少錢？」

服務員　：「兩份豆沙包一共一萬五千盾！」

美美 　　：「這是一萬五千盾，您數數看對不對？」

服務員　：「謝謝你，完全正確，請你們稍等一下。」

Memainkan Peran

Setelah selesai membaca percakapan berikut, siswa membentuk kelompok yang terdiri atas tiga orang, seorang menjadi pelayan, dua lainnya menjadi Hasan dan Mei Mei, kemudian memesan masakan seperti dalam percakapan! (Mei Mei dan Hasan pergi sarapan ke rumah makan pagi khas Tionghoa).

Pelayan　: "Kalian ingin pesan apa?"

Mei Mei : "Hasan, kamu ingin makan apa?"

Hasan 　: "Saya ingin makan bakpao kacang merah, rumah makan ini ada enggak bakpao kacang merah?"

Mei Mei : "Saya menanyakan kepada pelayan. Nona (Tuan), rumah makan ini ada bakpao kacang merah enggak?"

Pelayan : "Ada, Tuan! Di sini Anda bisa makan bakpao kacang merah yang lezat, boleh tahu Anda ingin berapa porsi?"

Hasan : "Saya mau satu porsi bakpao kacang merah, Mei Mei, kamu ingin makan apa?"

Mei Mei : "Saya juga mau satu porsi bakpao kacang merah."

Pelayan : "Baik! Dua porsi bakpao kacang merah. Maaf, bolehkah tanya apakah mau pesan minuman?"

Hasan : "Terima kasih, tak usah. Dua porsi bakpao kacang merah berapa harganya?"

Pelayan : "Dua porsi bakpao kacang merah Rp15.000."

Mei Mei : "Ini Rp15.000, coba Anda hitung benar enggak?"

Pelayan : "Terima kasih, benar semuanya, mohon tunggu sebentar."

第四課　夢幻世界
(Dunia Fantasi)

一、閱讀（Wacana）

　　夢幻世界是雅加達有名的旅遊勝地之一，它也是東南亞最大的遊樂場。裡面有很多適合成人和小孩玩的遊戲，如鬼屋、碰碰車、海盜船、雲霄飛車、空中鞦韆和娃娃宮。

　　在那兒，喜歡觀賞風景的遊客可以乘坐摩天輪；喜歡驚險刺激的，可以乘坐海盜船或雲霄飛車；若想輕鬆一下，可以坐小舟進入娃娃宮，一邊聽音樂一邊欣賞世界各民族的特色。

　　總而言之，在夢幻世界遊玩可以使你樂而忘返。

（一）漢語拼音（*Hanyu Pinyin*）

Dìsìkè　Mènghuànshìjiè

Yī　YuèDú

Mènghuànshìjiè shì Yǎjiādá yǒumíng de lǚyóu shèngdì zhī yī, tā yěshì Dōngnányà zuì dà de yóulèchǎng. Lǐmiàn yǒu hěn duō shìhé chéngrén hé xiǎohái wánde yóuxì, rú guǐwū, pèngpèngchē, hǎidàochuán, yúnxiāofēichē, kōngzhōngqiūqiān hé wáwagōng.

Zài nàr, xǐhuān guānshǎng fēngjǐng de yóukè kěyǐ chéngzuò mótiānlún; xǐhuān jīngxiǎn cìjī de, kěyǐ chéngzuò hǎidàochuán huò yúnxiāofēichē; ruò xiǎng qīngsōng yíxià, kěyǐ zuò xiǎozhōu jìnrù wáwagōng, yìbiān tīng yīnyuè yìbiān xīnshǎng shìjiè gèmínzú de tèsè.

Zǒngéryánzhī, zài Mènghuànshìjiè yóuwán kěyǐ shǐ nǐ lèérwàngfǎn.

（二）翻譯（Terjemahan）

Pelajaran IV. Dunia Fantasi

Dunia Fantasi (Dufan) adalah salah satu objek wisata Jakarta yang terkenal. Dufan juga merupakan taman hiburan terbesar di Asia Tenggara. Di dalamnya terdapat banyak permainan yang cocok untuk orang dewasa dan anak-anak, misalnya rumah hantu, mobil senggol, kapal pembajak laut (kora-kora), kereta terbang angkasa (halilintar), ayunan di udara dan istana boneka.

Di sana, pengunjung yang suka menikmati pemandangan bisa naik roda raksasa; yang suka akan ketegangan dan mendebarkan hati, bisa naik kora-kora atau halilintar; kalau ingin santai sejenak, bisa naik perahu kecil masuk ke dalam istana boneka, sambil dengar musik menikmati keunikan setiap suku bangsa dunia.

Singkatnya, bermain di Dunia Fantasi dapat membuat kamu senang dan lupa kembali.

（三）問答題（Pertanyaan）

1. 夢幻世界裡有些什麼好玩的遊戲？

2. 夢幻世界只適合小孩子玩嗎？

3. 你喜歡哪一種遊戲？為什麼？

4. 在娃娃宮裡可以做些什麼？

5. 為什麼在夢幻世界遊玩可使人樂而忘返？

（四）新字與新詞（Kosakata）

1. 夢幻（形）：mènghuàn　fantasi; ilusi; impian

　◎看到了城堡和花園，自己好像來到了美麗的夢幻世界。

　　Setelah melihat puri dan taman bunga, diriku seperti sudah tiba di dunia fantasi yang indah.

幻：幻想（動）

　◎他常常幻想自己是醫生。

2. 東南亞（名）：dōngnányà　Asia Tenggara

　◎阿里想到東南亞去旅行。

　　Ali ingin pergi berwisata ke Asia Tenggara.

3. 適合（動）：shìhé　cocok; sesuai

　◎這件衣服的顏色不太適合你。

　　Warna baju ini tidak terlalu cocok untukmu.

合（形）：

　◎他們兩人因為個性不合，所以分手了。

4. 成（年）人（名）：chéng(nián)rén　　orang dewasa

◎你已經是成人了，要懂得照顧自己。

Kamu sudah menjadi orang dewasa, harus tahu bagaimana menjaga diri.

成：成功（形）

◎只要這件事成功了，你可以享受七天的假期。

5. 鬼（名）：guǐ　　hantu; setan; momok

◎大華非常怕鬼，所以他不喜歡一個人睡覺。

Da Hua sangat takut akan hantu, sehingga dia tidak suka tidur sendirian.

6. 碰（動）：pèng

menyenggol; membentur; menyentuh; bertemu; berjumpa

◎他的手碰到了茶杯，所以把杯子打翻了。

Tangannya menyenggol cangkir teh, sehingga menjatuhkan cangkir.

7. 海盜船（名）：hǎidàochuán　　kapal pembajak laut

◎弟弟想搭海盜船去找寶藏。

Adik ingin menaiki kapal pembajak laut, pergi mencari harta karun.

8. 雲霄飛車（名）：yúnxiāofēichē　　kereta terbang angkasa (halilintar)

◎你坐過雲霄飛車嗎？

Apakah kamu pernah naik kereta terbang angkasa?

9. 空中（名）：kōngzhōng　　di udara

◎蝴蝶在空中飛來飛去，真是美麗。

Kupu-kupu terbang ke sini ke sana di udara, indah sekali.

10. 鞦韆（名）：qiūqiān　　ayunan

◎今天下午，妹妹和朋友一起去公園盪鞦韆。

Sore hari ini, Adik dan temannya bersama-sama main ayunan ke taman umum.

11. 驚險（形）：jīngxiǎn

mendebarkan hati; berbahaya dan menegangkan hati

◎他最喜歡看驚險的賽車比賽。

Dia paling suka menonton perlombaan balap mobil yang mendebarkan hati.

12. 刺激（形）：cìjī　　tegang; menegangkan

◎乒乓球是一種健康又刺激的運動。

Bola ping pong merupakan jenis olahraga yang sehat dan menegangkan.

13. 若（連）：ruò　　jika; kalau

◎若你餓了，可以吃點餅乾。

Jika kamu lapar, bisa makan sedikit biskuit.

14. 小舟（名）：xiǎozhōu　　perahu kecil

◎我們坐著小舟看風景。

Kami melihat pemandangan dengan menaiki perahu kecil.

15. 音樂（名）：yīnyuè　　musik

◎他喜歡一邊看書一邊聽音樂。

Dia suka sambil baca buku mendengarkan musik.

音：聲音（名）

◎這位男歌手不但長得帥，聲音也很好聽。

樂：樂器（名）

◎這三年以來，我學過許多種樂器。

16. 世界（名）：shìjiè　　dunia

◎印度尼西亞是世界上島嶼最多的國家。

Indonesia merupakan negara yang memiliki pulau terbanyak di dunia.

成語（Peribahasa）

※樂而忘返 lèérwàngfǎn　senang dan lupa kembali

◎這次到德國的旅行令人樂而忘返。

Perjalanan wisata ke Jerman kali ini membuat orang senang dan lupa kembali.

樂（形）：senang; girang; gembira

◎她覺得幫助別人是最快樂的事。

Dia merasa membantu orang lain adalah hal yang paling gembira.

而（連）：sebaliknya

◎弟弟不去學校讀書而去遊樂園玩，讓父親很生氣。

Adik tidak belajar ke sekolah, sebaliknya bermain ke taman hiburan, membuat ayah sangat marah.

忘（動）：lupa; melupakan; melalaikan

◎小飛回到家才想起他忘了買紀念品給朋友。

Xiao Fei sampai di rumah baru teringat bahwa dia lupa membeli cendera mata untuk teman.

返（動）：pulang; kembali

◎我覺得身體不舒服，我想返家休息。

Saya merasa tidak enak badan, saya ingin pulang rumah istirahat

二、會話（Percakapan）

麗雅：琳達！我、哈山、阿民、哈林和麗莎星期天要到夢幻世

界去，你也參加吧！

琳達：好啊！好久沒去那兒玩了，而且剛考完大考，所以現在
　　　應該是放鬆自己的時候了。

阿民：對啊！除此之外，那兒增添了一些好玩的設備，現在的
　　　夢幻世界更吸引人了。

哈山：是嗎？什麼樣的設備？

麗雅：我常告訴你在空閒的時候應該多注意新聞，你卻不聽我
　　　的勸告。那兒增添了鬼屋和立體電影院。

哈山：你說得對，謝謝你再一次的提醒。

琳達：星期日的夢幻世界總是擠滿了人，想玩遊戲都得大排
　　　長龍。

哈山：說得也是。不過熱鬧些比較好玩。

阿民：那就一言為定！後天八點整在哈山家集合，不見不散！

（一）漢語拼音 (*Hanyu Pinyin*)

Èr　HuìHuà

LìYǎ	LínDá! Wǒ, HāShān, ĀMín, HāLín hé LìSà xīngqītiān yào dào Mènghuànshìjiè qù, nǐ yě cānjiā ba!
LínDá	Hǎo a! Hǎojiǔ méi qù nàr wán le, érqiě gāng kǎowán dàkǎo, suǒyǐ xiànzài yīnggāi shì fàngsōng zìjǐ de shíhòu le.
ĀMín	Duì a! Chúcǐzhīwài, nàr zēngtiānle yìxiē hǎowán de shèbèi, xiànzài de Mènghuànshìjiè gèng xīyǐnrén le.
HāShān	Shì ma? Shénmeyàng de shèbèi?
LìYǎ	Wǒ cháng gàosù nǐ zài kòngxián de shíhòu yīnggāi duō zhùyì

xīnwén, nǐ què bù tīng wǒ de quàngào. Nàr zēngtiānle guǐwū
hé lìtǐ diànyǐngyuàn.

HāShān： Nǐ shuō de duì, xièxie nǐ zài yícì de tíxǐng.

LínDá ： Xīngqīrì de Mènghuànshìjiè zǒngshì jǐmǎnle rén, xiǎng wán
yóuxì dōu děi dàpáichánglóng.

HāShān： Shuō de yěshì. Búguò rènàoxiē bǐjiào hǎowán.

ĀMín ： Nà jiù yìyánwéidìng! Hòutiān bādiǎnzhěng zài HāShān jiā
jíhé, bújiànbúsàn!

（二）翻譯（Terjemahan）

Lia ： "Linda! Saya, Hasan, Amin, Halim dan Lisa pada hari Minggu akan
pergi ke Dufan, kamu juga ikutyo!"

Linda ： "Baiklah! Sudah lama tidak main ke sana, selain itu baru saja habis
mengikuti ujian akhir, sehingga sekarang harusnya merupakan saat
menenangkan diri."

Amin ： "Benar! Selain itu, di sana telah bertambah beberapa fasilitas yang
menarik, Dufan saat ini lebih menarik hati orang."

Hasan ： "Oh ya? Perlengkapan macam apa?"

Lia ： "Saya sering sama kamu padamu di waktu senggang harus lebih
memperhatikan berita, kamu malah tidak mau mendengarkan nasehat
saya. Di sana sudah bertambah rumah hantu dan bioskop tiga dimensi."

Hasan ： "Benar apa yang kamu katakan, terima kasih telah mengingatkan sekali
lagi."

Linda ： "Pada hari Minggu Dufan selalu penuh sesak, ingin main permainan
selalu harus antri lama."

Hasan ： "Benar juga. Tapi ramai 'dikit lebih asyik."

Amin ： "Kalau begitu sepakat! Lusa pukul 08.00 tepat berkumpul di rumah
Hasan, harus datang ya!"

（三）新字與新詞（Kosakata）

1. 參加（動）：cānjiā　　ikut serta; ambil bagian; menghadiri

◎大華參加畫畫比賽得到了第一名。

Da Hua mengikuti perlombaan melukis, mendapat juara pertama.

參：參考（動）

◎老師介紹幾本可以參考的書給同學。

2. 好久（副）：hǎojiǔ　　sangat lama

◎我好久沒到臺灣，感覺臺灣變了很多。

Saya lama sekali tidak ke Taiwan, merasa Taiwan telah banyak sekali berubah.

久（形）：

◎你怎麼現在才來？我們等你等了很久。

3. 大考（名）：dàkǎo　　ujian akhir

◎下個禮拜要大考了，我要用功讀書得到好成績。

Minggu depan mau ujian akhir, saya harus rajin belajar, memperoleh nilai yang bagus.

4. 放鬆（動）：fàngsōng　　menenangkan; melonggarkan; mengendurkan

◎功課做完了，麗美想看看電視放鬆心情。

Tugas sekolah telah diselesaikan, Li Mei ingin nonton tv menenangkan suasana hati.

5. 增添（動）：zēngtiān　　menambah; memperbanyak

◎妹妹的房間增添了新的電腦，讓她很高興。

Kamar Adik bertambah komputer baru, membuat dia senang sekali.

增：增加（動）

◎今年香蕉的產量增加了，所以價錢特別便宜。

添（動）：

◎請你幫我添一點飯，好嗎？

79

6. 設備（名）：shèbèi　　perlengkapan; fasilitas; instalasi

◎這座公園的設備很安全，小朋友可以安心地玩。

　　Fasilitas taman umum ini sangat aman, anak-anak bisa bermain dengan tenang.

7. 空閒（形）：kòngxián　　waktu senggang; senggang

◎空閒的時候，我會幫媽媽做家事。

　　Pada waktu senggang, saya akan membantu Mama melakukan pekerjaan rumah tangga.

8. 勸告（名）：quàn'gào　　menasehati; memperingati

◎如果他聽我的勸告，就不會發生那種事了。

　　Jika dia mendengarkan nasehat saya, maka tidak akan terjadi peristiwa itu.

9. 注意（動）：zhùyì　　memperhatikan

◎去海邊游泳要注意安全。

　　Pergi berenang ke pantai, harus perhatikan keselamatan.

10. 新聞（名）：xīnwén　　berita

◎哥哥最喜歡看體育新聞，但是妹妹不喜歡。

　　Abang paling suka melihat berita olahraga, tetapi Adik tidak suka.

新：新鮮（形）

◎今天的魚又新鮮又好吃。

聞：聞到（動）

◎他聞到麵包的香味。

11. 提醒（動）：tíxǐng　　mengingatkan; memperingatkan

◎媽媽常提醒孩子過馬路要小心。

　　Mama sering mengingatkan anaknya harus berhati-hati menyeberangi jalan raya.

醒：吵醒（動）

◎我被鬧鐘的聲音吵醒了。

12. 擠滿（動）：jǐmǎn　　berdesakan; penuh sesak

◎海灘上擠滿了人，真是熱鬧。

　　　Orang-orang berdesakan di pantai, ramai sekali.

成語（Peribahasa）

※ 大排長龍 dàpáichánglóng　　barisan antrean yang panjang
◎這部電影很好看，所以戲院門口總是大排長龍。
Film bioskop ini sangat bagus, sehingga di depan pintu bioskop selalu berantrean panjang.

排（動）：　mengatur; menyusun; menata
◎小朋友把椅子排成一行。
Anak-anak mengatur kursi menjadi satu baris.

長（形）：　panjang; berlangsung lama
◎這條路很長，我們走得很累。
Jalan ini sangat panjang, kami berjalan hingga sangat lelah.

龍（名）：　naga
◎在古代，「龍」字常用在帝王使用的東西上。
Pada zaman kuno, tulisan "naga" sering digunakan pada benda yang digunakan kaisar.

※ 一言為定 yìyánwéidìng　　sepakat; setuju atas keputusan bersama
◎明天我們一起去游泳，一言為定！
Besok kita bersama-sama pergi berenang, sepakat!

一言（名）：sepatah kata
◎他們你一言我一語的，快要吵起來了。
Mereka saling beradu mulut, hampir mulai bertengkar.

為（動）：　sebagai; tindakan; tingkah laku; menjadikan
◎為人子女，應該孝順父母。
Sebagai anak, harus berbakti kepada orang tua.

※ 不見不散 bújiànbúsàn　　harus datang; tidak bertemu tidak akan bubar
◎今天中午教室門口見，不見不散。

四

Siang hari ini bertemu di depan pintu kelas, harus datang.

見（動）： melihat; tampak

◎我上星期見到我喜歡的偶像，讓我高興得睡不著覺。

Saya minggu lalu melihat idola saya, membuat saya senang hingga tidak bisa tidur.

散（動）： bubar; membagikan; menyebarkan

◎我到了會議室，才發現已經散會了。

Setelah saya tiba di ruang rapat, baru menyadari rapat sudah bubar.

三、語法（Tata Bahasa）

（一）一邊……一邊……（Sambil...sambil...）

Pola kalimat "一邊……一邊……" menunjukkan dua kegiatan dilakukan pada saat yang sama.

Subjek	一邊	Tindakan I	一邊	Tindakan II
妹妹		唱歌		跳舞。

1. 他一邊跳舞一邊唱歌。

2. 爸爸一邊吃飯一邊看新聞。

3. 我一邊吃早餐一邊看報紙。

4. 弟弟一邊做作業一邊聽音樂。

（二）而且

"而且"menunjukkan makna lebih lanjut; di depannya sering terdapat "不但" atau "不僅" sebagai pasangannya; digunakan untuk menghubungkan kata sifat, kata kerja, kata keterangan dan anak kalimat yang berurutan.

1. 弟弟笑了，而且笑得很大聲。

2. 這件衣服很漂亮，而且很便宜。

3. 蘋果不僅好吃，而且營養豐富。

4. 伯伯不但會做菜，而且還會做衣服。

5. 日惹是一個休閒的好地方，而且還有學生之城的美稱。

（三）卻（Malah）

"卻" setara dengan malah, namun dan tetapi, yang menunjukkan pembelokan.

1. 我喜歡聽音樂，卻不會彈樂器。

2. 我去他家找他吃飯，他卻去看電影了。

3. 我約了哈山和哈林，哈山來了，哈林卻沒來。

4. 我的父母親喜歡吃西瓜，卻不喜歡喝西瓜汁。

四、語法練習（Latihan Tata Bahasa）

（一）請用「一邊……一邊……」完成句子

Gunakan "一邊……一邊……" untuk menyelesaikan kalimat berikut!

例：

| 她 | 跳、跑 | 她一邊跑一邊跳。 |

1.	我們	追、喊	_____ 。
2.	那個人	走、說話	_____ 。
3.	哈山和 哈林	看報紙、吃早餐	_____ 。
4.	爸爸	掃地、聽音樂	_____ 。
5.	姐姐	做飯、聽廣播	_____ 。

(二) 看圖完成句子（Lihat Gambar dan Menyelesaikan Kalimat）

Gunakan "一邊……一邊……" untuk menyusun kalimat !

1. 小華_____ 。

2. 小明 _____ 。

3. 小明_____ 。

4. 大力 _____ 。

5. 大力 _____ 。

（三）請用「卻」完成句子

Gunakan "卻" untuk menyelesaikan kalimat-kalimat berikut!

例：我去找他／他去看電影→我去找他，他卻去看電影。

1. 昨天我和哈林約好了去看電影／哈林沒來

→_____ 。

2. 現在是晚上／現在看不到星星和月亮

→_____ 。

3. 已經放學了／他還沒回家

→_____ 。

4. 現在是晚上八點／哥哥還沒回來

→＿＿＿＿＿＿＿＿＿＿＿＿＿＿＿＿＿＿＿＿＿＿。

5. 昨晚下大雨／他沒有帶雨傘

→＿＿＿＿＿＿＿＿＿＿＿＿＿＿＿＿＿＿＿＿＿＿。

（四）完成句子（Menyelesaikan Kalimat）

1. （門鈴響了）

　　山美：阿姨，您好。請問哈山在家嗎？

　　哈山媽媽：哈山正好出去買東西了，真是抱歉。

→ 山美找哈山，哈山卻＿＿＿＿＿＿＿＿＿＿＿＿＿＿＿＿。

2. 麗娜：今天的天氣很冷，你穿短褲、短袖，不冷嗎？

　　哈林：不冷啊！

→＿＿＿＿＿＿＿＿＿＿＿＿＿＿＿＿＿＿＿＿＿＿。

3. 山美：請問圖書館開放到幾點？

　　哈山：晚上九點半。

　　山美：可是現在是八點半，還不到九點半，圖書館已經關

　　　　　門了。

→＿＿＿＿＿＿＿＿＿＿＿＿＿＿＿＿＿＿＿＿＿＿。

4. 爸爸：今天晚上，我們去中國餐館吃飯，好嗎？

  媽媽：好！我要吃炒米粉。

  妹妹：我要吃雞肉炒麵。

  哥哥：我不想去中國餐館吃飯。

→_____。

5. 老師：哈山，你的志願是什麼？

  哈山：我想當一個記者。

  老師：麗美，你想當一個記者嗎？

  麗美：不，我想當一個有名的歌星。

→_____。

五、文章閱讀（Membaca）

我去了臺灣的六福村

　　小牙昨天從臺灣回來，他在<u>線上</u>和朋友聊天，他高興地告訴朋友一些好玩的事情：

【小米】我要努力學中文：好久不見，什麼時候回來的？

【小牙】臺灣真好玩，下次還要去：我昨天晚上七點左右回來的。

【小米】我要努力學中文：你在臺灣有什麼好玩又特別的回憶嗎？說給我聽聽吧！

【小牙】臺灣真好玩，下次還要去：我覺得臺灣的六福村很好玩。

【小米】我要努力學中文：六福村？

【小牙】臺灣真好玩，下次還要去：對，它是一個遊樂園，在臺灣的北部。一共分為四區：阿拉伯皇宮、美國大西部、南太平洋以及動物園區。

【小米】我要努力學中文：好像夢幻世界一樣，有許多遊樂設備可以玩。

【小牙】臺灣真好玩，下次還要去：對呀！遊樂園的設備很多。你真的可以在「阿拉伯皇宮」的園區裡看到皇宮，而且那裡的雲霄飛車，保證讓你難忘；在「美國大西部」的園區裡，你可以看到美國大西部的鄉村街景和一些表演；「南太平洋」是一個熱情的水上園區，在那兒你可以坐船從高高的瀑布上滑下來，所以我最喜歡這個園區了。而「動物園區」裡有很多可愛的動物，牠們都生活在自然的環境中，沒被關在籠子裡。

【小米】我要努力學中文：好棒啊！我也好想去呀！

【小牙】臺灣真好玩，下次還要去：如果幸運的話，你還可以看到大遊行！一些故事裡的明星會跑出來跟你握手喔！

【小米】我要努力學中文：天啊！下次我一定要去六福村。

【小牙】臺灣真好玩，下次還要去：哈！哈！保證不會讓你失望。

（一）新詞（Kosakata）

1. 線上（名）：sedang terhubung ke internet atau jaringan komputer (*online*)
   ◎現在的青年很喜愛線上遊戲。
2. 鄉村（名）：kampung; desa; daerah pedesaan
   ◎鄉村的空氣很新鮮，有空可以來玩。
3. 遊行（動）：pawai; parade; demonstrasi
   ◎在遊樂園裡我們可以見到花車遊行。

（二）問題與討論（Pertanyaan dan Diskusi）

1. 臺灣的六福村分為哪四區？

2. 請說一說四大園區特別的地方？

3. 六福村除了四大園區之外，還有什麼特別的地方？

4. 你想到臺灣的六福村去玩嗎？為什麼？

六、課堂活動（Kegiatan Kelas）

闖關遊戲

1. 老師先將全班分為三組，每一關都有一個問題和活動，這些問題和活動都跟學生學過的語法點或生字相關。
2. 三組學生各派一位代表猜拳，贏的人，先擲骰子，擲到幾點就決定幾步到哪一關開始闖關。
3. 學生依各關問題，用所設的語法點回答問題。學生正確造出合乎語法點的句子即可加兩分，不合乎者扣三分。

4. 遇到機會時，可任選一題還未闖關過的活動，闖關成功者加兩分，失敗者扣三分。

5. 分數最多的那一組就贏了。

今天你去了哪兒？做了什麼事？（問同組的兩位同學，答案不可相同，並說出這兩位同學的句子。）	老師拿出印有兩個動作的圖片，請學生看著圖片用「一邊……一邊……」造出句子。	你的桌上有什麼東西？（問班上兩位同學，答案不可相同，並說出這兩位同學的句子。）
起點 總分十分	放骰子的地方	機會
你為什麼要學中文？（用「因為……所以……」句型回答問題。）	機會	你一回到家就做了什麼事？（老師問，全組回答，答案不可以一樣。）

Permainan Menerobos Lintangan

1. Guru membagi kelas menjadi tiga kelompok, setiap lintangan terdapat satu pertanyaan dan kegiatan. Pertanyaan dan kegiatan ini semuanya berhubungan dengan tata bahasa dan kosakata yang telah dipelajari siswa.

2. Setiap kelompok mengutus satu siswa melakukan suten (mengundi dengan mengadu jari), yang menang melempar dadu. Angka yang muncul menunjukkan jumlah langkah yang harus dijalankan oleh siswa untuk tiba di lintangan tertentu dan mulai menerobos lintangan.

3. Berdasarkan pertanyaan pada setiap lintangan, siswa menggunakan tata bahasa yang telah tersedia untuk menjawab pertanyaan. Siswa yang membuat kalimat dengan benar dan sesuai dengan tata bahasa memperoleh dua angka, yang tidak sesuai dikurangi tiga angka.

4. Ketika menemui kesempatan, siswa dapat memilih sesuka hati, satu kegiatan yang belum dilewatinya. Siswa yang berhasil menjawab ditambah dua angka, yang gagal dikurangi tiga angka.

5. Kelompok yang memperoleh angka terbanyak adalah pemenangnya.

Hari ini kamu telah ke mana? Sudah melakukan apa? Tanyakan kepada dua siswa sekelompok, jawabannya tidak boleh sama, kemudian bacakan kalimatnya.	Guru mengeluarkan gambar yang memuat dua tindakan, minta siswa melihat gambar dan menggunakan "一邊……一邊……" untuk menyusun kalimat.	Di atas mejamu ada barang apa? Tanyakan kepada dua siswa di kelas, jawabannya tidak boleh sama, kemudian bacakan kalimatnya.
Titik keberangkatan Jumlah nilai 10	Tempat meletakkan dadu	Kesempatan
Mengapa kamu mau belajar bahasa Mandarin? Gunakan pola kalimat "因為……所以……" untuk menjawab pertanyaan	Kesempatan	Ketika sampai di rumah kamu langsung mengerjakan apa? Guru bertanya, seluruh kelompok menjawab, jawaban tidak boleh sama.

P
E
L
A
J
A
R
A
N

四

第 五 課　古達海灘
(Pantai Kuta)

一、閱讀（Wacana）

古達海灘位於峇里島南部，離首府——登巴剎約十五分鐘的車程。海灘有寬廣的白色沙灘和來自印度洋的海浪。在那兒，我們可以欣賞到如畫一般的風景和觀看美麗的落日。

海灘附近就是市區。我們一到那兒就買了許多紀念品，如峇里島著名的雕刻品。今古達海灘已聞名國內外，因此到峇里島遊玩時，別忘了去欣賞古達海灘的景色。

（一）漢語拼音（*Hanyu Pinyin*）

Dìwǔkè　Gǔdáhǎitān

Yī　YuèDú

Gǔdáhǎitān wèiyú Balǐdǎo nánbù, lí shǒufǔ—Dēngbāshā yuē shíwǔ fēnzhōng de chēchéng. Hǎitān yǒu kuān'guǎng de báisè shātān hé láizì Yìndùyáng de hǎilàng. Zài nàr, wǒmen kěyǐ xīnshǎngdào rúhuà yìbān de fēngjǐng hé guānkàn měilì de luòrì.

Hǎitān fùjìn jiùshì shìqū. Wǒmen yídào nàr jiù mǎile xǔduō jì'niànpǐn, rú Bālǐdǎo zhùmíng de diāokèpǐn. Jīn Gǔdáhǎitān yǐ wénmíng guónèiwài, yīncǐ dào Bālǐdǎo yóuwán shí, bié wàngle qù xīnshǎng Gǔdáhǎitān de jǐngsè.

（二）翻譯（Terjemahan）

Pelajaran V. Pantai Kuta

Pantai Kuta terletak di Bali bagian selatan, berjarak dari ibukota propinsi—Denpasar kira-kira 15 menit dengan menggunakan kendaraan. Di Pantai Kuta terdapat pantai pasir putih yang luas dan ombak yang datang dari Samudera Hindia. Di sana, kita bisa menikmati pemandangan alam yang bagaikan lukisan dan menyaksikan matahari terbenam yang indah.

Di sekitar pantai adalah daerah kota. Begitu kami sampai di sana langsung membeli berbagai cendera mata, misalnya barang ukiran Pulau Bali yang ternama. Pantai Kuta dewasa ini telah terkenal di dalam maupun luar negeri, oleh karenanya saat bermain ke Pulau Bali, jangan lupa pergi menikmati pemandangan Pantai Kuta.

（三）問答題（Pertanyaan）

1. 在古達海灘附近，遊客可買到什麼？

2. 古達海灘有哪些好玩的？

3. 你喜歡看落日嗎？為什麼？

4. 古達海灘面向印度洋，為什麼那兒的波浪不大呢？

(四)新字與新詞（Kosakata）

1. 古達（名）：gǔdá　Kuta

   ◎古達海灘的景色很漂亮。

   Pemandangan Pantai Kuta sangat indah.

2. 海灘（名）：hǎitān　pantai

   ◎晚上我和我的朋友一起到海灘去散步。

   Malam hari saya dan teman saya bersama-sama pergi berjalan-jalan ke pantai.

   灘（量）：

   ◎地上有一灘水，走路要小心一點！

3. 島（名）：dǎo　pulau

   ◎聽說這座島上沒有人。

   Dengar-dengar pulau ini tidak ada manusia.

   島：無人島（名）

   ◎這世界上真的有無人島嗎？

4. 首府（名）：shǒufǔ　ibukota propinsi; ibukota daerah otonom

   ◎峇里島的首府是登巴剎。

   Ibukota Pulau Bali adalah Denpasar.

   首（量）：

   ◎他唱了一首歌給大家聽。

   府（名）：

◎這周末我將帶見面禮到府上拜訪您。

5. 登巴剎（名）：dēngbāshā　Denpasar

◎我們要去首府——登巴剎看看。

Kami mau pergi melihat-lihat ke ibukota propinsi—Depansar.

6. 分鐘（名）：fēnzhōng　menit

◎幾分鐘後，他要和朋友去公園打球。

Beberapa menit kemudian, dia mau bersama teman bermain bola ke taman umum.

> 鍾：鬧鐘（名）

◎昨天因為我的鬧鐘壞了，所以上學遲到了。

7. 寬廣（形）：kuān'guǎng　terbentang luas

◎小舟在寬廣的海面上航行。

Perahu kecil berlayar di atas laut yang luas.

> 寬：寬大（形）

◎寬大的衣服穿起來比較舒服

> 廣：廣告（名）／廣播（名）

◎這飲料廣告非常有趣，讓人看了之後很想出去買。
◎妹妹睡覺前就有聽廣播的習慣。

8. 洋（名）：yáng　samudera; lautan

◎在這藍色的海洋上，我看到了幾艘貨船。

Di atas lautan biru ini, saya melihat beberapa kapal kargo.

9. 海浪（名）：hǎilàng　ombak

◎今天的海浪真大。

Ombak hari ini besar sekali.

10. 雕刻品（名）：diāokèpǐn　ukiran

◎他買了一些雕刻品送給他的朋友。

Dia membeli beberapa ukiran, menghadiahkan kepada temannya.

雕刻（動）：diāokè　mengukir; memahat

◎那位藝術家雕刻了這些木頭。

Seniman itu telah mengukir kayu-kayu ini.

雕：雕像（名）

◎公園裡有一座很美麗的雕像。

刻（動）：

◎在很久以前，古人把文字刻在竹片上。

11. 聞名（動）：wénmíng　terkenal; ternama

◎中國的美食聞名世界。

Masakan lezat Tionghoa terkenal di dunia.

二、會話（Percakapan）

遊客甲：導遊先生！有人告訴我，一個人雖然去過了峇里島，但是卻從來沒去過古達海灘，就好像這個人沒去過峇里島一樣，這是真的嗎？

導遊　：小姐，這是一部分人的看法，不過古達海灘的確很吸引人。

遊客乙：能不能說一下它為什麼那麼吸引人？

導遊　：好！那兒有美麗的景色、寬廣的白色沙灘和許多販賣紀念品的商店等。總之，是個度假的好地方。

遊客丙：請問我們可以在那兒游泳嗎？

導遊　：那兒的海浪不太大，所以很適合游泳，而且也是衝浪
　　　　愛好者的天堂。

遊客甲：我們什麼時候可以去古
　　　　達海灘觀光呢？

導遊　：別心急！過兩天你們就
　　　　可以欣賞到海灘的美
　　　　景了。到時候別忘了攜
　　　　帶泳裝。

（一）漢語拼音（*Hanyu Pinyin*）

Èr　HuìHuà

Yóukèjiǎ　：Dǎoyóu xiānsheng! Yǒurén gàosù wǒ yí ge rén suīrán qùguò le
　　　　　Bālǐdǎo, dànshì què cónglái méiqùguò Gǔdáhǎitān, jiù hǎoxiàng
　　　　　zhè gerén méi qùguò Bālǐdǎo yíyàng, zhèshì zhēnde ma?

Dǎoyóu　　：Xiǎojiě, zhèshì yíbùfènrén de kànfǎ, búguò Gǔdáhǎitān díquè
　　　　　hěn xīyǐnrén.

Yóukèyǐ　：Néng bùnéng shuō yíxià tā wèishénme nàme xīyǐnrén?

Dǎoyóu　　：Hǎo! Nàr yǒu měilìde jǐngsè, kuān'guǎngde báisè shātān hé
　　　　　xǔduō fànmài jì'niànpǐn de shāngdiàn děng. Zǒngzhī, shìge
　　　　　dùjià de hǎo dìfāng.

Yóukèbǐng：Qǐngwèn wǒmen kěyǐ zài nàr yóuyǒng ma?

Dǎoyóu　　：Nàrde hǎilàng bútàidà, suǒyǐ hěn shìhé yóuyǒng, érqiě
　　　　　yěshì chōnglàng àihàozhě de tiāntáng.

Yóukèjiǎ　：Wǒmen shénme shíhòu kěyǐ qù Gǔdáhǎitān guān'guāng ne?

Dǎoyóu　　：Bié xīnjí! Guò liǎngtiān nǐmen jiù kěyǐ xīnshǎngdào hǎitān de
　　　　　měijǐng le. Dàoshíhòu bié wàngle xiédài yǒngzhuāng.

（二）翻譯（Terjemahan）

Wisatawan A : "Tuan pemandu! Ada orang bilang kepada saya, seseorang meskipun telah ke Pulau Bali, tetapi sama sekali tidak pernah ke Pantai Kuta, maka orang ini sama saja tidak pernah ke Pulau Bali, ini benar enggak?"

Pemandu : "Nona, ini adalah pandangan sebagian orang, tetapi Pantai Kuta memang sangat menarik hati orang."

Wisatawan B : "Boleh enggak ceritakan sejenak mengapa Pantai Kuta begitu menarik hati orang? "

Pemandu : "Baik! Sana ada pemandangan yang indah, pantai pasir putih yang terbentang luas dan banyak toko yang menjual cendera mata dll. Singkatnya, adalah tempat yang bagus untuk berlibur."

Wisatawan C : "Saya ingin tanya apakah kami bisa berenang di sana?"

Pemandu : "Ombak sana tidak terlalu besar, sehingga sangat cocok untuk berenang, dan juga merupakan surga bagi pecinta selancar."

Wisatawan A : "Kapan kita bisa melancong ke Pantai Kuta?"

Pemandu : "Sabar! Dua hari kemudian kalian akan bisa menyaksikan pemandangan indah pantai. Pada saat itu jangan lupa membawa serta pakaian renang."

（三）新字與新詞（Kosakata）

1. 導遊（名）：dǎoyóu　　pemandu wisata

◎導遊說古達海灘的景色很漂亮。

　　Pemandu wisata bilang pemandangan Pantai Kuta sangat indah.

> 導：導師（名）／導演（名）

◎李麗雅是我們班的導師。

◎聽說這部電影的導演很有名呢！

> 遊：遊戲（名）

◎許多孩子在家裡談天、玩遊戲，好熱鬧啊！

2. 部分（名）：bùfèn　　bagian; seksi

◎大部分的人都希望自己活得快樂。

Sebagian besar orang berharap dirinya hidup bahagia.

3. 看法（名）：kànfǎ　　pandangan; anggapan; tanggapan

◎這位小姐對這件事有許多不錯的看法。

Mengenai masalah ini, nona ini mempunyai banyak pandangan yang cukup baik.

4. 店（名）：diàn　　toko; kedai

◎這家店的老闆人不錯，所以生意很好。

Pemilik toko ini cukup baik, sehingga usahanya laku sekali.

5. 衝浪（動）：chōnglàng　　bermain papan selancar; berselancar

◎今年暑假，他想學衝浪。

Liburan musim panas tahun ini, dia ingin belajar berselancar

衝浪板（名）：chōnglàngbǎn　　papan selancar

◎衝浪需要準備的工具是衝浪板。

Perlengkapan yang perlu disiapkan untuk berselancar adalah papan selancar.

衝（動）：

◎我打開房間的門，這只狗從房間裡衝了出來。

6. 愛好（動）：àihào　　gemar akan; suka akan; hobi; kesukaan

◎爸爸非常愛好大自然，因此假日的時候他都會帶著全家去爬山。

Ayah sangat suka akan alam, oleh karenanya pada hari libur dia akan membawa segenap keluarga pergi mendaki gunung.

7. 天堂（名）：tiāntáng   surga

◎香港是愛好購物者的天堂。

    Hong Kong adalah surga bagi orang yang suka belanja.

8. 觀光（動）：guān'guāng   melancong; bertamasya; meninjau

◎我和我的家人一起去日惹觀光。

    Saya dan keluarga saya bersama-sama melancong ke Yogyakarta.

> 觀：觀看（動）

◎昨天我和家人觀看了許多有趣的動物表演。

> 光：光線（名）

◎我們不可以在光線不足的地方看書。

9. 心急（形）：xīnjí   tak sabar

◎別心急，前面就是古達海灘了。

    Sabar, Pantai Kuta sudah di depan.

> 急：著急（形）

◎他找不到他的貓，他十分著急。

10. 攜帶（動）：xiédài   membawa serta; membawa

◎好像快要下雨了，你記得攜帶雨具。

    Sepertinya akan segera turun hujan, kamu jangan lupa bawa serta alat penangkis hujan.

> 攜（動）：

◎許多媽媽攜子參加這項活動。

> 帶：帶走（動）

◎吃完東西後，記得把垃圾帶走。

11. 泳裝（名）：yǒngzhuāng　　pakaian renang

◎他買了一件很漂亮的泳裝。

　　Dia membeli sepotong baju renang yang cantik sekali.

$$\boxed{泳：游泳（動）}$$

◎今天下午我到游泳池去游泳。

三、語法（Tata Bahasa）

（一）如（像）⋯⋯一般的⋯⋯（Bagaikan...）

Pola kalimat "如⋯⋯一般的⋯⋯" atau"像⋯⋯一般的" membandingkan objek dengan pembanding tertentu, menunjukkan bahwa objek yang dibandingkan serupa dengan pembanding.

Kondisi / Kenyataan	如（像）	Pembanding	一般的	Objek yang Dibandingkan
我有一個		洋娃娃		妹妹。

1. 他非常喜歡那個像仙女一般的音樂家。

2. 哥哥害怕生起氣來如老虎一般的媽媽。

3. 爸爸送給媽媽一顆如星星一般閃亮的鑽石。

4. 我喜歡握著他那雙像太陽一般溫暖的大手。

5. 這條如迷宮一般的山路，常會讓人找不到路回家。

（二）一⋯⋯就⋯⋯（Begitu...langsung...）

Pola kalimat "一⋯⋯就⋯⋯" menyatakan bahwa setelah muncul tindakan atau keadaan pertama langsung diikuti tindakan atau keadaan yang lain. Dalam hal ini, yang pertama tidak harus merupakan penyebab terjadinya tindakan atau keadaan kedua.

Subjek	一	Tindakan / Keadaan I	就	Tindakan / Keadaan II
我		起身		刷牙、洗臉。

1. 妹妹一看就會。

2. 他一進來就把門關上。

3. 我一出門就下起了大雨。

4. 媽媽一接到電話，就跑出去了。

5. 弟弟一放下書包，就出去打球了。

（三）雖然……但是…… （Meskipun...tetapi...）

"雖然……但是……" menyatakan terdapatnya unsur mengalah; mengaku hal pertama telah merupakan suatu kenyataan yang tak bisa diubah, tetapi tidak berarti hal kedua dengan demikian tidak berlaku.

雖然	Subjek	Keadaan I	，但是	Subjek	Keadaan II
	他	考到八十分		他	還是不滿意。

1. 雖然她長得不好看，但是她很溫柔。

2. 雖然他功課不好，但是他的人很好。

3. 雖然弟弟很淘氣，但是大家還是很喜歡他。

4. 雖然爸爸不常回家，但是他還是很關心我們。

5. 雖然阿姨那天不會來，但是她會託人送禮物來。

（四）不過（Namun）

"不過" menunjukkan pembelokan; lebih lembut dibandingkan "但是" dan lebih sering digunakan dalam percakapan sebagai pelengkap arti yang berlawanan dengan kalimat sebelumnya.

Anak Kalimat	，不過	Membatasi atau Mengoreksi Anak Kalimat
爸爸的脾氣很不好		現在好多了。

1. 我從來沒坐過三輪車，不過我奶奶坐過。

2. 老王工作很認真，不過，有時候做事太急了。

3. 小美做任何事情都很努力，不過，有時候動作太慢了。

4. 妹妹平常忙著上學念書，不過她很注意學校裡的活動。

5. 教書這份工作很辛苦，不過，和學生相處真的很愉快。

（五）總之（Singkatnya; Pokoknya）

"總之" memberikan kesimpulan ringkas, dengan mengemukakan alasan atau sebab yang mendahuluinya.

Alasan atau Sebab	總之，	Kesimpulan Ringkas
那家店的衣服又貴，又不好看。		他再也不去那兒買衣服了。

1. 總之，你一定要注意安全！

2. 總之，這件事並不是你的錯，你不要太難過。

3. 他很聰明，又謙虛。總之，他是一個好學生。

4. 總之，你不要讓自己太累了，先好好地休息吧！

5. 這沙灘的海浪很大，海裡又有許多石頭。總之，這兒不可以游泳。

四、語法練習（Latihan Tata Bahasa）

（一）看圖完成句子（Lihat Gambar dan Menyelesaikan Kalimat）

Gunakan "一……就……" untuk menyusun kalimat !

1.

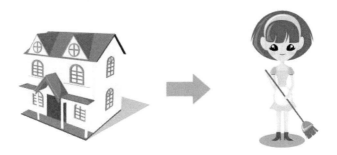

→小美＿＿＿＿＿＿＿＿＿＿＿＿＿＿＿＿＿＿＿＿＿。（回家／打掃）

2.

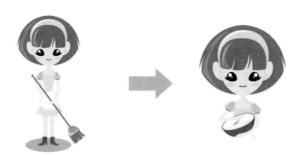

→她＿＿＿＿＿＿＿＿＿＿＿＿＿＿＿＿＿＿＿。（打掃完／煮飯）

五

3.

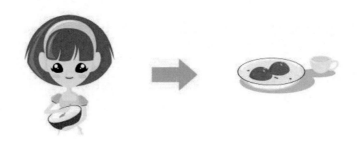

→她＿＿＿＿＿＿＿＿＿＿＿＿＿＿＿＿。（煮完飯／吃晚餐）

4.

→她＿＿＿＿＿＿＿＿＿＿＿＿＿＿＿＿。（吃完飯／打電腦）

5.

→她＿＿＿＿＿＿＿＿＿＿＿＿＿＿＿＿。（打完電腦／洗澡）

（二）請用「一……就……」完成句子

Gunakan "一……就……" untuk menyelesaikan kalimat-kalimat berikut!

例：哥哥／打完球／回家洗澡→<u>哥哥一打完球就回家洗澡</u>。

1. 阿里／考完試／看電視

→＿＿＿＿＿＿＿＿＿＿＿＿＿＿＿＿＿＿＿＿＿。

2. 美麗／放假／去夢幻世界玩

→＿＿＿＿＿＿＿＿＿＿＿＿＿＿＿＿＿＿＿＿＿。

3. 麗娜／下課／回家做家事

→＿＿＿＿＿＿＿＿＿＿＿＿＿＿＿＿＿＿＿＿＿。

4. 阿姨／下遊覽車／去買紀念品

→＿＿＿＿＿＿＿＿＿＿＿＿＿＿＿＿＿＿＿＿＿。

5. 小狗／見到妹妹／跟妹妹搖尾巴

→＿＿＿＿＿＿＿＿＿＿＿＿＿＿＿＿＿＿＿＿＿。

（三）請用「雖然……但是……」合併句子

Gunakan "雖然……但是……" untuk menggabungkan kalimat!

例：
麗雅很聰明。
麗雅不喜歡讀書。
→<u>雖然麗雅很聰明，但是她不喜歡讀書</u>。

1. 他長得好難看。

   他喜歡幫助別人。

   → _____。

2. 弟弟每天五點起床。

   弟弟每天上學遲到。

   → _____。

3. 今天天氣不好。

   她還是要去沙灘玩水。

   → _____。

4. 我吃了包子、燒賣、炒麵。

   我還是很餓。

   → _____。

5. 這個洋娃娃看起來很精緻。

   這個洋娃娃不便宜。

   → _____。

(四)依照提示改寫句子

Tulis ulang kalimat-kalimat berikut seperti pada contoh!

例：蛋糕很好吃；吃多了會變胖。

→蛋糕很好吃，吃多了卻會變胖。（卻）

→<u>雖然蛋糕很好吃，但是吃多了會變胖。</u>（雖然……但是……）

1. 海浪很大，叔叔還是下水游泳。

→_____。（卻）

→_____。

（雖然……但是……）

2. 教室很小；來上課的學生很多。

→_____。（卻）

→_____。

（雖然……但是……）

3. 昨天功課很多，弟弟都做完了。

→_____。（卻）

→_____。

（雖然……但是……）

4. 今天沒有太陽；今天天氣很暖和。

→_____。（卻）

→_____。

（雖然……但是……）

5. 遊樂場擠滿了人，弟弟還是要玩雲霄飛車。

→＿＿＿＿＿＿＿＿＿＿＿＿＿＿＿＿＿＿＿＿＿。（卻）

→＿＿＿＿＿＿＿＿＿＿＿＿＿＿＿＿＿＿＿＿＿。

（雖然……但是……）

五、文章閱讀（Membaca）

我在順化的日子

今年假期，我和家人一起搭飛機到越南玩，因為我的舅舅住在越南的順化，所以他到國際機場接我們。一見到我們，就很高興地向我們揮手，為了表示看到他，我們也向舅舅揮手，接著我們全家人和舅舅一起上了車，向舅舅家開去。

因為坐了一整天的飛機，所以覺得非常疲倦，一到舅舅家，就想好好睡一覺。到了早上，爸爸媽媽叫我們起床，告訴我們，等一下舅舅要帶我和弟弟去吃早餐。

我們在路邊找了一家小店並坐了下來，舅舅說越南河粉很有名，我們聽了之後就點了河粉和咖啡，我吃了一口，覺得河粉很好吃，所以我都吃完了；可是我沒把咖啡喝完，因為咖啡很甜，我不太喜歡；弟弟喜歡喝甜的東西，所以一下子就把咖啡喝完了！

接著我們跟著舅舅一起遊市區，我們看到了許多小販，也買了許多精緻的紀念品。到了中午，舅舅帶我們去吃在順化最有名的<u>牛肉米粉</u>，舅舅一邊吃一邊說明天要帶我們去遊覽順化的名勝呢！

　　回到舅舅家，我和弟弟回到房間整理一下自己的行李，也準備好照相機，希望明天有個愉快的旅行，也希望拍一些好看、有趣的照片，在回家之前，可以寄給印度尼西亞的同學看看。

(一)新詞（Kosakata）

1. 順化（名）：Hue, sebuah kota di bagian tengah Vietnam

　◎我和弟弟一起去順化觀光。

2. 河粉（名）：kwetiau

　◎我最喜歡吃河粉，尤其是鮪魚河粉。

3. 牛肉米粉（名）：bihun daging sapi

　◎妹妹覺得牛肉河粉好吃，我卻不覺得。

(二)問題與討論（Pertanyaan dan Diskusi）

1. 為什麼舅舅要到國際機場接他們？

2. 他在早上點了哪些東西？他覺得怎麼樣？

3. 吃完早餐後，他們去做哪些事情？請敘述一下。

4. 為什麼他明天想帶照相機？

5. 你曾經到過什麼國家，或是什麼地方吃到令你難忘的美食？請寫下來，字數是 300 字以內。

六、課堂活動（Kegiatan Kelas）

雖然我很醜，但是我很溫柔

1. 大家先圍成一個圓圈。

2. 老師發下一張 A4 紙給全班同學。

3. 每個同學在紙的右上角寫上號碼及姓名。

4. 在紙的尾端各寫一項自己的優缺點，然後把紙折起來，字朝裡面折。

5. 傳給下一個人，下一個人再寫上各一項優缺點，依此類推。

6. 傳回自己後，每個同學把自己的紙投入箱子中。

7. 老師把箱子中的紙張混均勻後，請每位同學先抽出一張紙。

8. 每位同學分別上臺用「雖然……但是……」讚美其他的同學。

9. 最後，老師給予全班同學鼓勵，並且可以請同學用「雖然……但是……」讚美老師。

Meskipun Saya Sangat Jelek, Tetapi Saya Sangat Lemah Lembut

1. Semuanya terlebih dahulu berbaris membentuk sebuah lingkaran.
2. Guru membagikan selembar kertas ukuran A4 kepada seluruh siswa di kelas.
3. Setiap siswa menuliskan nomor dan nama pada kertas bagian pojok kanan atas.
4. Pada kertas bagian bawah masing-masing tuliskan satu kelebihan dan kekurangannya, kemudian kertas dilipat dengan tulisan menghadap ke dalam lipatan.
5. Teruskan kepada orang berikut, orang ini menuliskan lagi masing-masing satu kelebihan dan kekurangannya, dan seterusnya.
6. Setelah beredar kembali kepada dirinya, setiap siswa memasukkan kertasnya ke dalam kotak.
7. Setelah guru mengaduk rata kertas yang terdapat di dalam kotak, setiap siswa mengundi selembar kertas.
8. Siswa satu per satu maju ke depan kelas, menggunakan "雖然……但是……" memuji teman lain.
9. Akhirnya, guru memberikan semangat kepada para siswa, dan mempersilahkan mereka menggunakan "雖然……但是……" memujinya.

第六課　長途巴士

(Bis Jarak Jauh)

一、閱讀 (Wacana)

長途巴士已成了我國人民的一種主要的交通工具。如何證明呢？每當新年或開齋節一到，我們可以看到大多數要回家鄉過節的居民，都選擇了長途巴士做為他們的交通工具。

長途巴士通常在下午起程，因為這樣才不會遇到交通擁擠的問題。此外，乘客在夜晚也比較容易入睡。

為了讓乘客不會餓肚子，大約每隔四個鐘頭，車子就會開到某家餐廳。因此，在旅程中，乘客可以看到許多餐館林立在公路的左右邊，構成了一種特別的景象。

（一）漢語拼音（*Hanyu Pinyin*）

Dìliùkè　Chángtúbāshì

Yī　YuèDú

Chángtúbāshì yǐ chéngle wǒguó rénmín de yìzhǒng zhǔyào jiāotōng gōngjù. Rúhé zhèngmíng ne? Měidāng Xīnnián huò Kāizhāijié yí dào, wǒmen kěyǐ kàn dào dàduōshù yào huíjiāxiāng guòjié de jūmín, dōu xuǎnzéle chángtúbāshì zuòwéi tāmen de jiāotōng gōngjù.

Chángtúbāshì tōngcháng zài xiàwǔ qǐchéng, yīnwèi zhèyàng cái búhuì yùdào jiāotōng yōngjǐ de wèntí. Cǐwài, chéngkè zài yèwǎn yě bǐjiào róngyì rùshuì.

Wèile ràng chéngkè búhuì èdùzi, dàyuē měi gé sì ge zhōngtóu, chēzi jiù huì kāidào mǒujiā cāntīng. Yīncǐ, zài lǚchéng zhōng, chéngkè kěyǐ kàndào xǔduō cān'guǎn, línlì zài gōnglù de zuǒyòu biān, gòuchéngle yìzhǒng tèbié de jǐngxiàng.

（二）翻譯（Terjemahan）

Pelajaran VI. Bis Jarak Jauh

Bis jarak jauh telah menjadi salat transportasi utama rakyat kita. Bagaimana membuktikannya? Setiap bertepatan dengan tibanya tahun baru atau Idul Fitri, kita dapat melihat sebagian besar penduduk yang ingin pulang merayakan hari besar di kampung halaman, memilih bis jarak jauh sebagai alat transportasi mereka.

Bis jarak jauh biasanya berangkat pada sore hari, karena dengan demikian baru tidak akan menemui masalah kepadatan lalu-lintas. Selain itu, para penumpang juga lebih mudah tertidur pada malam hari.

Agar penumpang tidak kelaparan, kira-kira setiap berselang empat jam, mobil akan dikemudikan ke restoran tertentu, oleh karena itu, di dalam perjalanan, para penumpang dapat melihat banyak restoran berdiri di sana-sini, di bagian kanan kiri jalan, membentuk suatu pemandangan yang unik.

（三）問答題（Pertanyaan）

1. 為什麼大部分的長途巴士都在下午起程？

2. 巴士為什麼每隔四個鐘頭就會停下來？

3. 在旅途中，乘客可以看到什麼？

4. 為什麼大多數想回家鄉的居民，都會選擇長途巴士做為他們的交通工具呢？

（四）新字與新詞（Kosakata）

1. 長途（形）：chángtú　jarak jauh

◎坐長途巴士比坐火車貴嗎？

Apakah naik bis jarak jauh lebih mahal daripada naik kereta api?

2. 巴士（名）：bāshì　bis

◎我們坐巴士到動物園去玩。

Kami naik bis pergi bermain ke kebun binatang.

3. 證明（動）：zhèngmíng　membuktikan

◎他想向父母證明有照顧自己的能力。

Dia ingin membuktikan kepada orang tua bahwa dia ada kemampuan menjaga diri.

證：證據（名）

◎警察收集了許多證據，證明他就是小偷。

明：明白（動）

◎他不明白為什麼哈山那麼討厭他。

4. 當（介）：dāng　　tepat pada waktu atau saat

◎每當新年，叔叔就會帶許多禮物送給我們。

Setiap bertepatan dengan tahun baru, Paman akan membawa berbagai kado, memberikannya kepada kami.

當（動）：

◎他的志願是當一位中文老師。

5. 開齋節（名）：kāizhāijié　　Idul Fitri

◎開齋節之前，許多人要回家鄉和家人過節。

Sebelum Idul Fitri, banyak orang ingin pulang ke kampung halaman dan merayakan hari raya bersama keluarga.

齋（名）：

◎爺爺和奶奶一起吃齋念佛。

節：季節（名）

◎臺灣一年有四個季節，我最喜歡夏天。

6. 家鄉（名）：jiāxiāng　　kampung halaman; desa atau kota kelahiran

◎我的家鄉有美麗的花兒和新鮮的空氣。

Di kampung halaman saya terdapat bunga yang cantik dan udara yang segar.

7. 居民（名）：jūmín　　penduduk; penghuni

◎這兒的居民都很善良，也很熱情。

Penduduk sini semuanya sangat baik hati, juga sangat ramah.

居：居住（動）

◎阿姨現在居住在國外，很少回印尼。

8. 選擇（動）：xuǎnzé　memilih; menentukan; menyeleksi

◎這兩輛車都很好看，我不知道該選擇哪一輛。

Kedua mobil ini sangat cantik, saya tidak tahu harus memilih yang mana.

選：挑選（動）

◎他挑選了一雙漂亮的鞋子給他的女兒。

9. 起程（動）：qǐchéng　berangkat

◎明天她將起程回美國去。

Besok dia akan berangkat ke Amerika.

程：路程（名）

◎雖然路程很遠，但是我們還是到達了目的地。

10. 遇（動）：yù　menemui; berjumpa dengan

◎今天我在公園遇到了老朋友，真是高興。

Hari ini saya berjumpa dengan teman lama di taman umum, senang sekali.

遇：遇見（動）

◎他在火車站遇見了老朋友。

11. 擁擠（形）：yōngjǐ　penuh padat; berjejal-jejal

◎周末的時候，百貨公司總是很擁擠。

Ketika akhir pekan, pasar swalayan selalu sangat penuh padat.

擁：擁抱（動）

◎媽媽看到好久不見的小阿姨，立刻給她一個熱情的擁抱。

12. 讓（動）：ràng　membuat; menyebabkan; membiarkan; mengalah

◎他忘了我的生日，讓我很失望。

Dia lupa hari ulang tahunku, membuat saya sangat kecewa.

> 讓：讓位（動）

◎他看到老公公上車，就立刻讓位。

13. 隔（介）：gé　selang; jarak

◎醫生要我記得每隔六小時吃一次感冒藥。

Dokter mengingatkan saya setiap berselang enam jam, makan obat flu sekali.

> 隔：隔離（動）

◎這位先生得了很嚴重的感冒，因此被隔離在另一間房間休息。

14. 林立（動）：línlì　berdiri di sana-sini

◎在城市裡，可以看到許多高樓林立在馬路兩旁。

Di dalam kota, bisa terlihat banyak gedung tinggi berdiri di sana-sini, di Kedua sisi jalan raya.

> 林：森林（名）

◎森林裡有許多不常見的動物。

> 立（動）：

◎這雕像立在公園的正中央。

15. 景象（名）：jǐngxiàng　pemandangan; gejala

◎一想到大自然的美麗景象，我就想去爬山。

Begitu memikirkan pemandangan alam yang indah, saya langsung ingin pergi mendaki gunung.

> 景：景色（名）

◎他想用色筆把這裡美麗的景色畫下來。

二、會話（Percakapan）

乘客　：小姐！我想買一張前往泗水的車票，請問還有嗎？

售票員：您想在何時起程？

乘客　：越快越好！因為我有急事，非得趕到泗水不可。

售票員：今天的車票都賣出去了，所以最快要等到明天。

乘客　：明天也好，是幾點的巴士呢？

售票員：下午三點半在這兒集合，最遲四點整起程。您是要買
　　　　有冷氣的還是無冷氣的車票？

乘客　：價錢相差多少？

售票員：冷氣巴士的票價是十八萬五千盾，無冷氣是十二萬
　　　　盾，所以相差六萬五千盾。

乘客　：那我買有冷氣的吧！

售票員：好的！請問您貴姓大名？

乘客　：我是哈山‧蘇萊曼。

售票員：謝謝！這是您的車票。

乘客　：請問我幾點到泗水？

售票員：如果一切順利的話，大約在中午十二點到。

乘客　：謝謝！這是車票錢。

售票員：謝謝您！祝您一路順風！

六

（一）漢語拼音（*Hanyu Pinyin*）

Èr　HuìHuà

Chéngkè 　　　： Xiǎojiě! Wǒ xiǎng mǎi yì zhāng qiánwǎng Sìshuǐde chēpiào,
　　　　　　　　qǐngwèn háiyǒu ma?

Shòupiàoyuán： Nín xiǎng zài héshí qǐchéng?

Chéngkè 　　　： Yuèkuàiyuèhǎo! Yīnwèi wǒ yǒu jíshì, fēi děi gǎndào Sìshuǐ
　　　　　　　　bùkě.

Shòupiàoyuán： Jīntiān de chēpiào dōu mài chūqù le, suǒyǐ
　　　　　　　　zuì kuài yào děngdào míngtiān.

Chéngkè 　　　： Míngtiān yě hǎo, shì jǐ diǎn de bāshì ne?

Shòupiàoyuán： Xiàwǔ sāndiǎnbàn zài zhèr jíhé, zuì chí sìdiǎnzhěng qǐchéng.
　　　　　　　　Nínshì yào mǎi yǒulěngqìde háishì wúlěngqìde chēpiào?

Chéngkè 　　　： Jiàqián xiāngchā duōshǎo?

Shòupiàoyuán： Lěngqì bāshì de piàojià shì shíbā wàn wǔqiān dùn, wúlěngqì
　　　　　　　　shì shíèr wàn dùn, suǒyǐ xiāngchā liùwàn wǔqiān dùn.

Chéngkè 　　　： Nà wǒ mǎi yǒulěngqìde ba!

Shòupiàoyuán： Hǎo de! Qǐngwèn nín guìxìng dàmíng?

Chéngkè 　　　： Wǒ shì HāShān・Sūláimàn.

Shòupiàoyuán： Xièxie! Zhèshì nín de chēpiào.

Chéngkè 　　　： Qǐngwèn wǒ jǐdiǎn dào Sìshuǐ?

Shòupiàoyuán： Rúguǒ yíqiè shùnlì de huà, dàyuē zài zhōngwǔ shíèrdiǎn
　　　　　　　　dào.

Chéng kè 　　： Xièxie! Zhèshì chēpiào qián.

Shòupiàoyuán ： Xièxie nín! Zhù nín yílùshùnfēng!

（二）翻譯（Terjemahan）

Penumpang 　　："Nona! Saya ingin membeli satu tiket bis ke Surabaya, apakah
　　　　　　　　masih ada?"

Penjual tiket 　： "Anda mau berangkat kapan?"

Penumpang 　　：" Semakin cepat semakin baik! Karena saya ada masalah
　　　　　　　　mendesak, mau tidak mau harus bergegas ke Surabaya."

Penjual tiket 　： "Tiket hari ini semuanya telah terjual habis, sehingga paling cepat
　　　　　　　　harus menunggu hingga besok."

Penumpang 　　： " Besok juga boleh, bis jam berapa?"

Penjual tiket 　： "Sore pukul 15.30 kumpul di sini, paling lambat jam 16.00 tepat
　　　　　　　　berangkat. Anda mau beli tiket bis yang berpendingin udara atau
　　　　　　　　tanpa pendingin udara?"

Penumpang 　　： " Harga Berselisih berapa?"

Penjual tiket : " Harga tiket bis berpendingin udara adalah Rp185.000, jika tanpa
pendingin udara Rp120.000, sehingga berbeda Rp 65.000.
Penumpang : " Kalau begitu saya beli yang ada pendingin udara!"
Penjual tiket : " Baik! Maaf, boleh tahu nama Anda?"
Penumpang : " Saya Hasan Sulaiman."
Pnjual tiket "Terima kasih! Ini tiket bis Anda."
Penumpang : " Bolehkah tahu jam berapa saya akan tiba di Surabaya?"
Penjual tiket : " Kalau segalanya lancar, tiba sekitar pukul 12.00 siang.
Penumpang : " Terima kasih! Ini uang karcis."
Penjual tiket : " Terima kasih! Selamat jalan."

（三）新字與新詞（Kosakata）

1. 前往（動）：qiánwǎng　pergi ke; berjalan menuju; bertolak ke

◎他將前往雅加達工作。

Dia akan pergi ke Jakarta untuk bekeja.

$$\boxed{往（介）：}$$

◎他迷路了，他不知道要往哪兒走。

2. 泗水（名）：sìshuǐ　Surabaya

◎他有個住在泗水的朋友。

Dia mempunyai seorang teman yang tinggal di Surabaya.

3. 何時（名）：héshí　kapan

◎我不知道他何時要去。

Saya tidak tahu dia mau berangkat kapan.

4. 急（形）：jí　mendesak; tak sabar; ingin sekali

◎不要急，火車就要來了。

Sabar, kereta api akan segera datang.

5. 遲（形）：chí　　lambat; terlambat

◎最近工作比較忙，遲了幾天回信給你。

Akhir-akhir ini pekerjaan agak sibuk, terlambat beberapa hari membalas surat kepadamu.

遲：遲交（動）

◎哈山每次都遲交作業，所以被老師罵了。

6. 冷氣（名）：lěngqì　　pendingin udara; udara dingin

◎今天天氣好熱，好想吹冷氣。

Cuaca hari ini panas sekali, ingin sekali tertiup udara dingin.

7. 無（動）：wú　　tanpa; tak ada

◎因為他常常說謊，所以他的話無人相信。

Karena dia sering sekali berbohong, sehingga tak ada orang mempercayai omongannya.

8. 價錢（名）：jiàqián　　harga

◎因為這雙鞋的價錢很便宜，所以我們買了兩雙。

Karena harga sepatu ini sangat murah, sehingga kami membeli dua pasang.

價：殺價（動）

◎這件衣服很好看，但是太貴了，因此我要跟老闆殺價。

9. 相差（動）：xiāngchā　　berbeda

◎我的身高跟你的身高相差了五公分。

Tinggi badan saya dengan tinggi badan kamu berbeda 5 cm.

10. 一切（名）：yíqiè　　semua; segala

◎我們要想方法解決一切問題。

Kita harus memikirkan cara menyelesaikan segala persoalan.

11. 順利（形）：shùnlì　　lancar; berhasil; sukses

◎妹妹順利地考上大學，大家都為她高興。

Adik perempuan berhasil dalam ujian masuk universitas, semuanya turut bergembira bersamanya.

成語（Peribahasa）

※　一路順風 yílùshùnfēng　　selamat jalan

◎祝你們一路順風，玩得愉快！

Selamat jalan, semoga bermain dengan gembira!

一（數）：satu

◎一路上我們聊天、唱歌、看風景，真是愉快！

Sepanjang jalan kami bercerita, bernyanyi, melihat pemandangan, sangat menyenangkan!

路（名）：jalan

◎過馬路要小心。

Harus berhati-hati menyeberangi jalan raya.

順（形）：lancar; menuruti

◎換了工作之後，他的生活很不順。

Setelah mengganti pekerjaan, kehidupannya sangat tidak lancar.

風（名）：angin

◎他的帽子被風吹走了。

Topinya ditiup pergi angin.

三、語法（Tata Bahasa）

（一）比較（Lebih...）

"比較"menunjukkan terdapatnya derajat yang "lebih......"

Subjek	比較	Kata Sifat
今天		冷。

1. 我覺得這樣比較好。

2. 這家餐館比較有特色。

3. 那家店的衣服比較便宜。

4. 爸爸比較喜歡吃辣的食物。

5. 和汽車的價錢相比，腳踏車的價錢比較便宜。

（二）為了……（Demi…）

"為了……" berarti "demi…" menyatakan karena alasan atau tujuan tertentu sehingga subjek melakukan suatu tindakan atau untuk menjelaskan suatu keadaan.

1. 爸爸為了我們全家人，每天都很辛苦地工作。

2. 為了讓媽媽開心，小雪買了一個蛋糕送給媽媽。

3. 他為了想見小美一面，從印尼坐飛機到美國去看她。

4. 為了籃球比賽能得到冠軍，他每天都很努力地練習。

（三）因此（Sehingga）

"因此" menyatakan hubungan sebab akibat; sering kali berpasangan dengan "由於"
membentuk pola kalimat "由於……因此……" (Karena...sehingga...)

（由於）	Subjek	Sebab	，因此	Akibat
	小明	上學常常遲到		老師非常生氣。

1. 麗娜有事，因此不能來。

2. 妹妹考試考得不好，因此難過地吃不下飯。

3. （由於）他很用心學習，因此他的成績很好。

4. 這幾天一直下大雪，因此國內的機場都關閉了。

5. 小麗已經很久沒回家了，因此她非常想念她的家人。

（四）非……不可（Mau Tidak Mau Harus…）

Pola kalimat "非……不可" menyatakan keharusan, mesti demikian, tidak boleh tidak.

Peristiwa / Keadaan	非	Kondisi yang Harus Terpenuhi	不可。
這次的旅行		去	

1. 要成功非努力不可！

2. 我非去雅加達不可。

3. 阿明今天非見她不可。

4. 這次的籃球比賽，你非參加不可。

5. 他喜歡的女生類型，非長頭髮不可。

（五）是……還是……（Adalah...atau adalah...）

Pola kalimat "是……還是……" menunjukkan terdapat beberapa kemungkinan.

是	Kemungkinaa I、II...	還是	Kemungkinaa Lain

1. 這是你的錢還是我的錢？

2. 他是哈林、阿民還是哈山？

3. 那是小鳥還是小雞的叫聲？

4. 你喜歡的人是阿明還是小華？

四、語法練習（Latihan Tata Bahasa）

（一）請用「是……還是……」完成句子

Gunakan「是……還是……」untuk menyelesaikan kalimat!

例：麗雅／麗莉→他是麗雅還是麗莉？

1. 說謊／弟弟／哥哥

→＿＿＿＿＿＿＿＿＿＿＿＿＿＿＿＿＿＿＿。

2. 去學校／去朋友家

→＿＿＿＿＿＿＿＿＿＿＿＿＿＿＿＿＿＿＿。

3. 冠軍／A班／B班

→_____。

4. 去動物園／巴士／騎腳踏車

→_____。

5. 這隻狗／他／你

→_____。

6. 中學生／高中生

→_____。

7. 這裡／東海路／西海路

→_____。

8. 現在／星期一／星期二

→_____。

9. 現在／一點鐘／兩點鐘

→_____。

10.這個月／雨季／旱季

→_____。

(二)填空（將框裡的句子填進空格裡）

Isilah kalimat berikut dengan menggunakan kata-kata di dalam kotak!

> 為了使交通更方便　　　　　為了讓教室乾淨
>
> 為了讓身體健康　　　　　　為了學校的園遊會
>
> 為了這次考試能夠進步　　　為了長大以後能夠成為醫生

1. <u>為了長大以後能夠成為醫生</u>，我每天都用功地讀書。

2. ＿＿＿＿＿＿＿＿＿＿＿，我們每天都要吃超過五樣蔬菜和水果。

3. ＿＿＿＿＿＿＿＿＿＿＿，國家造了許多高速公路。

4. ＿＿＿＿＿＿＿＿＿＿＿，全校師生都努力地準備許多節目。

5. ＿＿＿＿＿＿＿＿＿＿＿，全班同學都努力地打掃。

6. ＿＿＿＿＿＿＿＿＿＿＿，小華每天都用功地讀書。

（三）看圖完成句子（Lihat Gambar dan Menyelesaikan Kalimat）

例：

（○）

→<u>他是男生還是女生</u>？
→<u>他是男生</u>。

1.

（○）

→這是_____?

→_____。

2.

（○）

這是_____?

→_____。

3.

（○）

這是_____?

→_____。

4.

（ ○ ）

這是＿＿＿＿＿＿＿＿＿＿＿＿＿＿＿＿＿＿＿＿＿＿＿？

→＿＿＿＿＿＿＿＿＿＿＿＿＿＿＿＿＿＿＿＿＿＿＿。

5.

（ ○ ）

他是＿＿＿＿＿＿＿＿＿＿＿＿＿＿＿＿＿＿＿＿＿＿＿？

→＿＿＿＿＿＿＿＿＿＿＿＿＿＿＿＿＿＿＿＿＿＿＿。

6.

馬的上面＿＿＿＿＿＿＿＿＿＿＿＿＿＿＿＿＿？

→＿＿＿＿＿＿＿＿＿＿＿＿＿＿＿。

狗的上面＿＿＿＿＿＿＿＿＿＿＿＿＿＿＿＿？

→＿＿＿＿＿＿＿＿＿＿＿＿＿＿＿。

貓的上面 ＿＿＿＿＿＿＿＿＿＿＿＿＿＿＿？

→＿＿＿＿＿＿＿＿＿＿＿＿＿＿＿。

雞的下面＿＿＿＿＿＿＿＿＿＿＿＿＿＿＿＿？

→＿＿＿＿＿＿＿＿＿＿＿＿＿＿＿。

（四）完成句子（Menyelesaikan Kalimat）

1. 山美：爸爸為什麼每天都這麼晚回家？

   媽媽：爸爸想給我們過好的生活，每天都努力地工作。所

   以，我們要感謝他才對！

   →爸爸為了＿＿＿＿＿＿＿＿＿＿＿＿＿＿＿＿＿＿。

2. 哈山：你為什麼在這兒排隊？

   山美：因為我要買母親節禮物。

   哈山：你在這兒排了多久？

   山美：從早上八點到下午五點，大概九個小時了。

　　→山美＿＿＿＿＿＿＿＿＿＿＿＿＿＿＿＿＿＿＿。

3. 哈山：我每天都要喝一杯牛奶，也要常去打籃球。

　　哈林：為什麼？

　　哈山：因為我要長高。

　　→哈山＿＿＿＿＿＿＿＿＿＿＿＿＿＿＿＿＿＿＿。

五、文章閱讀（Membaca）

新聞播報

美美跟父母一邊吃飯，一邊看電視。

電視裡女主播正在播報新聞：

　　開齋節快到了，許多人都急著回到自己的家鄉過節。為了不要在高速公路上塞車，大家選擇了又快速又方便的火車，我們來到車站，觀察到民眾購買車票的情況。現在我們請記者訪問一下現場的民眾。

記者　：好的，主播。我現在人在車站，在我身邊有一位將要回東爪哇的旅客。先生，請問您貴姓大名？

陳先生：我姓陳，名大年。

記者　：喔！陳先生，請問每到假日，你都會碰到這樣的問題嗎？

陳先生：是啊！一到假日，每一個售票口就會大排長龍，排隊都要排好久。

記者　：但是還有其他的交通工具可以選擇啊！

陳先生：自己開車會遇到塞車的問題，而搭乘火車比較輕鬆，
　　　　還可以看到兩旁的稻田和風景。

記者　：那麼，你現在要去哪裡？

陳先生：我要前往泗水。

記者　：你想要何時起程？

陳先生：希望越快越好！我非得在今天趕到泗水不可。

記者　：嗯！謝謝你！先祝你一帆風順！以上是記者在車站
　　　　的報導，主播。

　　　謝謝！一到開齋節，高速公路就一定會碰上塞車的問題，
希望民眾多搭乘大眾交通工具，因為又方便，又可以欣賞到路
旁的風景，是一個不錯的選擇。今天的新聞播報完畢，謝謝大
家的收看，我們明天再見。

（一）新詞（Kosakata）

1. 主播（名）：penyiar
　◎她現在是有名的主播。

2. 播報（動）：melaporkan melalui siaran
　◎主播正在臺上播報新聞。

3. 情況（名）：keadaan; kondisi; perihal
　◎媽媽想要知道妹妹在學校的生活情況。

4. 報導（名）：liputan; reportase
　◎我在報紙上看過這一篇報導。

5. 大眾交通工具（名）：alat transportasi massa
　◎弟弟每天搭乘大眾交通工具上下學。

環遊 印尼 學華語第一冊

(二) 問題與討論 (Pertanyaan dan Diskusi)

1. 開齋節到了，印度尼西亞的交通會有什麼樣的景象呢？

2. 文章中，車站出現了什麼樣的情況呢？

3. 為什麼選擇火車或是大眾交通工具比較好？

4. 你們平常都搭乘什麼交通工具上下學？為什麼會選擇這種交通工具？

5. 當你遇上塞車的問題時，你會做哪些事情？為什麼？

6. 現在你要回家鄉過節，你會選擇開車回去還是搭乘大眾交通工具回去？為什麼？

六、課堂活動 (Kegiatan Kelas)

誰是魔鬼

1. 老師先在班上的同學中抽出一個人當魔鬼（假定是張小明），再拿一本書，請第一位同學對第二位同學發問：「這本書是王小美的還是林小華的？」

2. 若第二位同學說：「是林小華的。」就沒事，第二位同學可以繼續問下一位同樣的問題，如：這本書是林小華的還是李小山的？而其他同學就不可以再用林小華這個人名問問題，依此類推。

3. 最先回答到張小明的人就輸了。

為了你

請描述一段你曾為了什麼事或人做了什麼事。

例如：以前臺灣很流行 Hello Kitty，我為了買 Hello Kitty 的玩偶，必須早起到麥當勞的門口排隊，最後還是沒買到。

Siapa adalah Momok

1. Guru terlebih dahulu mengundi seorang siswa di kelas untuk dijadikan momok (misalnya Zhang Xiao Ming), kemudian mengambil sebuah buku, meminta siswa pertama bertanya kepada siswa kedua: "Buku ini milik Wang Xiao Mei atau Lin Xiao Hua?"
2. Jika siswa kedua mengatakan: "Punya Lin Xiao Hua." maka tidak jadi masalah, siswa kedua dapat selanjutnya mengajukan pertanyaan yang sama kepada siswa berikutnya, misalnya buku ini punya Lin Xiao Hua atau Li Xiao Shan? Siswa-siswa yang lain tidak boleh lagi menggunakan pertanyaan yang menggunakan nama Lin Xiao Hua. Demikian seterusnya.
3. Siswa dinyatakan kalah jika terlebih dahulu menjawab Zhang Xiao Ming.

Demi Kamu

Mohon lukiskan hal yang pernah kamu lakukan atau demi siapa kamu melakukannya.

Misalnya: Pada waktu lalu, saat Hello Kitty sangat populer di Taiwan, untuk membeli boneka Hello Kitty saya harus bangun pagi, berbaris di depan pintu *McDonald*, meskipun pada akhirnya juga tidak mendapatkannya.

第七課 莎發麗公園
(Taman Safari)

一、閱讀（Wacana）

　　莎發麗公園面積大約五十五公頃，位於際灑茹阿‧茂物。那兒飼養了許多種類的動物，如象、長頸鹿、獅子和亞洲熊。

　　與其他動物園相比，莎發麗動物園比較特別，因為那兒的動物不但沒被關在籠子裡，而且可以自由行走。因此，遊客必須自己開車或乘坐特別準備的車子，才能看到那些可愛的動物。

　　那兒還有游泳池、瀑布、摩天輪、馬戲團表演等。肚子餓了，也可以立刻在那兒找到餐廳進餐。莎發麗公園可說是個設備齊全的旅遊勝地。

（一）漢語拼音（*Hanyu Pinyin*）

Dìqīkè　Shāfālìgōngyuán

Yī　YuèDú

　　Shāfālìgōngyuán miànjī dàyuē wǔshíwǔ gōngqǐng, wèiyú Jìsǎrúā· Màowù. Nàr sìyǎngle xǔduō zhǒnglèi de dòngwù, rú xiàng, chángjǐnglù, shīzi hé yàzhōuxióng.

　　Yǔ qítā dòngwùyuán xiāngbǐ, Shāfālìdòngwùyuán bǐjiào tèbié, yīnwèi nàr de dòngwù búdàn méi bèi guān zài lóngzi lǐ, érqiě kěyǐ zìyóu xíngzǒu. Yīncǐ, yóukè bìxū zìjǐ kāichē huò chéngzuò tèbié zhǔnbèi de chēzi, cáinéng kàndào nàxiē kěài de dòngwù.

　　Nàr háiyǒu yóuyǒngchí, pùbù, mótiānlún, mǎxìtuán biǎoyǎn děng. Dùzi èle, yě kěyǐ lìkè zài nàr zhǎodào cāntīng jìncān. Shāfālìgōngyuán kě shuō shì ge shèbèi qíquán de lǚyóu shèngdì.

（二）翻譯（Terjemahan）

Pelajaran VII. Taman Safari

　　Luas lahan Taman Safari kira-kira 55 hektar, terletak di Cisarua Bogor. Di sana memelihara berbagai jenis binatang, misalnya gajah, jerapah, singa dan beruang asia.

　　Dibandingkan dengan kebun binatang lain, Kebun Binatang Safari lebih unik, karena hewan sana tidak hanya tidak dikurung dalam kandang, tetapi juga bisa bergerak bebas. Oleh karena itu, para pengunjung harus mengemudi mobil sendiri atau naik kendaraan yang khusus disiapkan, baru bisa menyaksikan binatang yang imut-imut itu.

　　Di sana juga terdapat kolam renang, air terjun, roda pencakar langit, pertunjukan sirkus dan lain-lain. Ketika perut lapar, juga bisa segera menemukan restoran, makan di sana. Taman Safari bisa disebut sebagai objek wisata yang memiliki fasilitas lengkap.

（三）問答題（Pertanyaan）

1. 莎發麗動物園為什麼比較特別？

2. 遊客要怎麼做才能看到這些可愛的動物？

3. 為什麼莎發麗公園是設備齊全的旅遊勝地？

（四）新字與新詞（Kosakata）

1. 莎發麗公園（名）：shāfālìgōngyuán　Taman Safari

　◎去年我到莎發麗公園去玩，在那兒看到了許多動物。

　　Tahun lalu saya pergi bermain ke Taman Safari, melihat banyak binatang di sana.

2. 面積（名）：miànjī　areal; luas (daerah)

　◎我家房間的面積比客廳的還要大。

　　Luas kamar rumah saya lebih besar daripada ruang tamu.

面：地面（名）／水面（名）

　◎剛下完雨，地面都是濕的。

　◎水面上漂著許多垃圾。

3. 公頃（名）：gōngqǐng　hektar

　◎在這塊大約十公頃的田地裡，有許多植物。

　　Di atas sawah seluas kurang lebih 10 hektar ini, terdapat banyak tumbuh-tumbuhan.

公：公平（形）／公共（形）

　◎小麗覺得很不公平，因為媽媽給哥哥的糖果比較多。

　◎阿東不敢上公共廁所，因為他覺得很髒。

4. 位於（動）：wèiyú　　terletak; bertempat

◎在臺灣，世界最高的一零一摩天大樓位於臺北市市區。

Di Taiwan, Gedung Pencakar Langit 101 yang tertinggi di dunia terletak di kota Taipei.

位：位子（名）／空位（名）

◎因為乘客太多，所以火車上都沒有位子可以坐。

◎這場表演很精彩，你很難找到空位。

5. 際灑茹阿（名）：jìsǎrúā　　Cisarua

◎莎發麗公園位於際灑茹阿。

Taman Safari terletak di Cisarua.

6. 茂物（名）：màowù　　Bogor

◎茂物是一個旅遊和休閒的好地方。

Bogor merupakan tempat yang baik untuk berwisata dan bersantai.

茂：茂盛（形）

◎春天到了，公園裡的花開得很茂盛。

7. 飼養（動）：sìyǎng　　memelihara (hewan)

◎姐姐飼養了一隻白狗和一隻黑貓，牠們的感情很不好。

Kakak memelihara seekor anjing putih dan seekor kucing hitam, hubungan mereka sangat jelek.

8. 種類（名）：zhǒnglèi　　macam; tipe; jenis

◎商店裡擺著不同種類的水果，這些水果都非常新鮮。

Di dalam toko terpajang beraneka-ragam buah-buahan, buah-buahan ini semuanya sangat segar.

9. 相比（動）：xiāngbǐ　membandingkan

◎與 A 班的同學相比，B 班的同學比較喜歡中文。

Dibandingkan dengan teman sekolah kelas A, teman sekolah kelas B lebih menyukai bahasa Mandarin.

相：相同（形）

◎哈山的興趣和小美的相同，他們都喜歡彈吉他。

10. 籠子（名）：lóngzi　kandang; kurung; sangkar

◎兔子被關在籠子裡。

Kelinci dikurung di dalam kandang.

11. 自由（形）：zìyóu　bebas; leluasa; merdeka

◎我希望能像小鳥一樣在天空中自由地飛。

Saya berharap bisa seperti burung kecil, terbang bebas di angkasa.

12. 準備（動）：zhǔnbèi　bersedia; menyiapkan; merencanakan

◎我每天一回到家就幫媽媽準備晚餐。

Setiap hari begitu sampai rumah, saya langsung membantu Mama menyiapkan makan malam.

準：準時（形）／標準（名）

◎火車會準時進站，你不要離月臺那麼近。
◎我的身高達到一般的標準了。

13. 表演（名）：biǎoyǎn　pertunjukan

◎在莎發麗公園裡，我們看到了許多馬戲表演。

Di dalam Taman Safari, kami telah menyaksikan berbagai pertunjukan sirkus.

表：表達（動）／表情（名）

◎你要多表達自己的意見。

◎小華的臉上有不高興的表情。

14. 齊全（形）：qíquán   serba lengkap; komplit

◎所有的行李都準備齊全了，我們出發吧！

    Semua barang bawaan sudah lengkap disiapkan, mari kita berangkat!

二、會話（Percakapan）

老師：各位同學早安！

學生：老師早安！

老師：各位同學，學校打算在星期日去莎發麗公園觀光。這次觀光的主要目的是希望你們對動物有充分地了解。

哈山：老師！為什麼選擇莎發麗公園為目的地呢？

老師：那兒的動物大部分都生活在自然的環境中，牠們沒被關在籠子裡。

燕妮：老師！聽說那兒除了有許多可愛的動物與美麗的風景之外，還有動物表演。請問我們看得到嗎？

老師：當然！因為是星期天，所以那兒會有動物表演。

雅妮：我們後天什麼時候，在什麼地方集合？

老師：早上七點，在學校操場上集合。要是沒有其他問題，那就後天見。

(一) 漢語拼音 (*Hanyu Pinyin*)

Èr　HuìHuà

Lǎoshī 　　: Gè wèi tóngxué zǎoān!

Xuéshēng : Lǎoshī zǎoān!

Lǎoshī 　　: Gè wèi tóngxué, xuéxiào dǎsuàn zài xīngqīrì qù Shāfǎlìgōngyuán guān'guāng. Zhè cì guān'guāng de zhǔyào mùdì shì xīwàng nǐmen duì dòngwù yǒu chōngfèn de liǎojiě.

HāShān 　: Lǎoshī! Wèishénme xuǎnzé Shāfǎlìgōngyuán wéi mùdìdì ne?

Lǎoshī 　　: Nàr de dòngwù dàbùfèn dōu shēnghuó zài zìrán de huánjìng zhōng, tāmen méi bèi guānzài lóngzi lǐ.

YànNī 　　: Lǎoshī! Tīngshuō nàr chúle yǒu xǔduō kěài de dòngwù yǔ měilì de fēngjǐng zhīwài, háiyǒu dòngwù biǎoyǎn. Qǐngwèn wǒmen kàndedào ma?

Lǎoshī 　　: Dāngrán! Yīnwèi shì xīngqītiān, suǒyǐ nàr huì yǒu dòngwù biǎoyǎn.

YǎNí 　　: Wǒmen hòutiān shénme shíhòu, zài shénme dìfāng jíhé?

Lǎoshī 　　: Zǎoshàng qīdiǎn, zài xuéxiào cāochǎng shàng jíhé. Yàoshì méiyǒu qítā wèntí, nà jiù hòutiān jiàn.

(二) 翻譯 (Terjemahan)

Guru 　: "Selamat pagi siswa-siswa sekalian!"

Siswa 　: "Selamat pagi guru!"

Guru 　: "Siswa-siswa sekalian, pada hari Minggu sekolah berencana berwisata ke Taman Safari. Tujuan utama wisata kali ini adalah berharap kalian memahami hewan sepenuhnya."

Hasan 　: "Guru! Mengapa memilih Taman Safari sebagai tempat tujuan?"

Guru 　: "Hewan-hewan sana sebagian besar hidup di lingkungan alami, mereka tidak dikurung di dalam kandang."

Yani 　: "Guru! Kata orang di sana selain memiliki banyak hewan yang imut-imut dan pemandangan yang indah, masih terdapat pertunjukan hewan. Boleh tahu apakah kita bisa menyaksikannya?"

Guru 　: "Tentu! Karena hari Minggu, sehingga di sana akan ada pertunjukan binatang."

Yanni 　: "Kita lusa pada pukul berapa, berkumpul di mana?"

Guru　："Pukul 7.00 pagi, berkumpul di lapangan olahraga sekolah. Kalau tidak ada pertanyaan lain, sampai jumpa lusa."

（三）新字與新詞（Kosakata）

1. 各位（名）：gèwèi　semua orang; para (siswa, hadirin, dsb)

◎各位家長，學校今年打算買一些新的中文書。

Para orang tua murid, tahun ini sekolah berencana membeli buku Mandarin baru.

各（指定詞）：

◎我們在各路口都可以看到交通警察。

2. 主要（形）：zhǔyào　utama; pokok

◎愛迪生對人類的主要貢獻是發明了電燈。

Jasa utama Edison kepada manusia adalah menemukan lampu.

3. 希望（動）：xīwàng　berharap; menginginkan

◎我希望長大以後成為一個有名的國際足球明星。

Saya berharap setelah dewasa menjadi seorang bintang pemain sepak bola internasional yang terkenal.

4. 充分（副）：chōngfèn　sepenuhnya; cukup

◎經過一天的充分休息之後，身體的疲倦完全消失了。

Setelah beristirahat sepenuhnya selama sehari, keletihan badan telah hilang semuanya.

5. 了解（動）：liǎojiě　memahami; mempelajari; menyelidiki; mengerti

◎我和哈山是十九年的好朋友了，因此我很了解他。

Saya dan Hasan sudah berteman baik selama 19 tahun, makanya saya sangat mengerti dia.

6. 環境（名）：huánjìng　lingkungan

◎許多野生動物是在既自然又自由的環境中生長的。

　許多野生動物是在既自然又自由的環境中生長的。
Banyak satwa liar hidup di lingkungan yang selain alami juga bebas.

7. 關（動）：guān　mengunci; mengurung; menyekap

◎因為這隻大黑狗會亂咬人，所以主人把牠關在籠子裡。

Karena anjing hitam besar ini bisa menggigit orang sembarangan, sehingga
pemilik menguncinya di dalam kandang.

8. 當然（副）：dāngrán　tentu; sebagaimana mestinya; sewajarnya

◎當然！我一定會寫信給你，絕對不會忘記你的。

Tentu! Saya pasti akan menulis surat kepadamu, sama sekali tidak akan
melupakanmu.

9. 集合（動）：jíhé　berkumpul; berhimpun

◎今天下午我和山美約在學校大門口集合。

Sore hari ini saya dan Sambi berjanji berkumpul di gerbang utama sekolah.

三、語法（Tata Bahasa）

（一）不但……而且……（Tidak Hanya…Tetapi Juga…）

Gabungan dari "不但" dengan "而且" atau "並且" digunakan untuk menghubungkan
dua anak kalimat yang berurutan, untuk menunjukkan bahwa selain keadaan yang
dikemukakan masih terdapat keadaan lebih lanjut.

Subjek	不但	Keadaan yang Dikemukan	，而且	Keadaan Lebih Lanjut
妹妹		會說英文		還會唱英文歌。

1. 小玉不但懂事，而且十分聽話。

2. 弟弟不但會唱歌，而且唱得十分好聽。

3. 這家餐館的菜餚不但好吃，而且很便宜。

4. 林小姐不但人長得漂亮，而且也非常親切。

5. 運動不但可以讓人身體健康，而且也可以放鬆一下。

（二）必須（Harus）

"必須" menunjukkan keadaan "tidak boleh tidak", yang menyatakan keharusan dari suatu fakta dan logika. Untuk membentuk kalimat penyangkalan, digunakan"無須".
例：沒事的，你無須擔心。

1. 學習任何事情都必須用心。

2. 做人必須誠實，不可以說謊。

3. 這件事你必須向大家說清楚。

4. 別忘了，出國旅遊必須帶護照！

5. 這次的會議很重要，你必須做好準備。

（三）立刻（Segera）

"立刻" sama dengan "馬上" berarti "segera"; menyatakan perubahan kondisi pada waktu berikutnya.

Subjek	立刻	Perubahan Kondisi
阿里		到書店買書！

1. 我立刻到你那兒去！

2. 天黑了，我們立刻回家吧！

3. 他聽完了電話，立刻就跑出去了。

4. 弟弟聽完笑話，立刻哈哈大笑起來。

5. 小華一看見小英，他的臉立刻紅了起來。

（四）除了……之外（Selain...）

Pola kalimat "除了……之外" berarti "selain...", menyatakan orang, keadaan atau peristiwa di luar yang telah disebutkan; mengesampingkan yang telah diketahui dan melengkapi yang lain.

除了	Orang, Keadaan atau Peristiwa	之外，	Melengkapi yang Lain
	他		其他人說的話她都不相信。

1. 除了奶茶之外，其他的飲料她都不愛喝。

2. 除了媽媽之外，妹妹都不讓任何人抱她。

3. 在海邊，除了游泳之外，我們還可以看日落。

4. 他住的地方除了安靜之外，附近的風景還十分美麗。

5. 今天的活動除了有漂亮的煙火之外，還有精彩的歌舞表演。

（五）要是……就……（Jika...maka...）

Pola kalimat "要是……就……" menunjukkan adanya permisalan, dan menyatakan terdapatnya hubungan sebab akibat.

要是	Sebab	，就	Akibat
	她想走		不要留她。

1. 要是你累了，就早點休息。

2. 要是明天下雨，他就不去爬山。

3. 要是你覺得不舒服，就去看醫生。

4. 要是你餓了，我們就一起出去吃飯。

5. 要是比賽贏了，我們就一起到餐廳去吃大餐。

四、語法練習（Latihan Tata Bahasa）

（一）請用「立刻」完成句子

Gunakan"立刻" untuk menyelesaikan kalimat-kalimat berikut!

老師進入教室後	他的臉紅了起來
她一看到狗	跑了過去
小安聽到了這個消息	學生安靜了下來
小孩子看到了媽媽	哭了起來
小明看到娜美	大叫了起來

1. <u>老師進入教室後，學生立刻安靜了下來</u>　　　　　。

2. _____。

3. _____ 。

4. _____ 。

5. _____ 。

（二）依照提示完成對話

Selesaikan percakapan berikut dengan menggunakan "要是……就……"!

1. 小珍：你明天有籃球比賽，對嗎？

   小安：對呀，你一定要來看喔！

   小珍：好呀！可是新聞報導說明天可能會下雨。

   小安：<u>要是明天下雨，</u>_____ 。

   （不舉行比賽）

2. 美美：我覺得肚子不舒服，不知道怎麼了？

   娜娜：_____ 。

   （去看醫生）

3. 學友：你怎麼了，看起來有點兒累？

   阿偉：因為最近的功課太多了，我覺得有點兒累。

   學友：_____ 。

   （去休息）

4. 妮妮：你覺得這件衣服好看嗎？

   小晴：我覺得不錯，很適合你。

妮妮：我也覺得不錯，而且價錢便宜。

小晴：_____。

（買下來）

5. 媽媽：我們明天要出去玩，你想去嗎？

弟弟：我不太想去。

媽媽：_____。

（待在家裡）

（三）句子重組（Menyusun Ulang Kalimat）

例：他／立刻／來／請→請他立刻來。

1. 你／立刻／這件事／請／去／做

→_____。

2. 回到家／他／打開／電視／立刻

→_____。

3. 這句話／同學／聽到／鼓掌／立刻

→_____。

4. 小偉／一看到／高興／立刻／他／起來／了

→_____。

（四）請用「要是……就……」完成句子

Gunakan "要是……就……" untuk menyelesaikan kalimat-kalimat berikut!

例：他來了／妳通知我→<u>要是</u>他來了，妳<u>就</u>通知我。

1. 睡不著／做運動

→_____。

2. 她不喜歡看動作片／看愛情片

→_____。

3. 爸爸心情很好／唱歌

→_____。

4. 她很忙／請別人幫忙

→_____。

5. 想哭／聽音樂放鬆心情吧

→_____。

五、文章閱讀（Membaca）

我的日記

天氣：晴☼

7月7日

今天一早，我和我的家人到莎發麗公園玩，莎發麗公園裡除了有可愛的動物之外，還有美麗的風景。我去過其他的動物

園，但是莎發麗公園裡的動物比較特別，牠們沒被關在籠子裡，大部分都生活在自然的環境中。我們坐在車上觀看了許多動物，有大象、獅子和亞洲熊等。

我最喜歡的動物是長頸鹿，長頸鹿有長長的脖子，走路的樣子真可愛；我也喜歡大象，聽說大象最怕的動物是小老鼠，我覺得非常有趣！因為今天是星期日，所以公園舉辦了一些動物表演節目，我們全家人看得哈哈大笑。

我還和家人一起到游泳池去玩水，總覺得還沒玩夠似的。最後，我們找到了一家餐廳，在餐廳裡，我們一邊吃飯一邊聊天，真是快樂。

回到家裡已經很晚了。雖然我們都覺得很疲倦，但是想到這次旅行能增廣我們的見聞，而且還和家人一起玩得那麼高興，讓我感到非常滿足。總之，今天的旅行讓我留下了難忘而愉快的回憶。

問題與討論（Pertanyaan dan Diskusi）

1. 他們什麼時候去莎發麗公園玩？

2. 他為什麼覺得莎發麗公園裡的動物很特別？

3. 他喜歡長頸鹿嗎？為什麼喜歡？

4. 他和家人看了＿＿＿＿＿＿看得哈哈大笑。

5. 這次旅行增廣了他＿＿＿＿＿＿，而且和家人一起玩得很高興。

6. 你曾去過哪個讓你留下難忘回憶的公園，為什麼？請寫下來和大家分享，字數約三百字。

六、課堂活動（Kegiatan Kelas）

我心中的樂園

　　請同學自行設計心中的樂園，設計後請同學說明動機、特色、玩法等。接著請同學們問設計者問題，分組報告完後，請同學在評鑑表上做出評鑑，並為喜歡的組別寫下喜歡的理由！

※請把你心目中的遊樂園畫下來。

評鑒表

第＿＿＿＿組　　　組員＿＿＿＿＿＿＿＿＿＿＿＿＿＿＿＿＿＿＿＿＿

我喜歡第＿＿＿＿＿＿組的設計，

原因：

＿＿＿＿＿＿＿＿＿＿＿＿＿＿＿＿＿＿＿＿＿＿＿＿＿＿＿＿＿＿＿＿＿

＿＿＿＿＿＿＿＿＿＿＿＿＿＿＿＿＿＿＿＿＿＿＿＿＿＿＿＿＿＿＿＿＿

＿＿＿＿＿＿＿＿＿＿＿＿＿＿＿＿＿＿＿＿＿＿＿＿＿＿＿＿＿＿＿＿＿

＿＿＿＿＿＿＿＿＿＿＿＿＿＿＿＿＿＿＿＿＿＿＿＿＿＿＿＿＿＿＿＿＿

＿＿＿＿＿＿＿＿＿＿＿＿＿＿＿＿＿＿＿＿＿＿＿＿＿＿＿＿＿＿＿＿＿

＿＿＿＿＿＿＿＿＿＿＿＿＿＿＿＿＿＿＿＿＿＿＿＿＿＿＿＿＿＿＿＿＿

＿＿＿＿＿＿＿＿＿＿＿＿＿＿＿＿＿＿＿＿＿＿＿＿＿＿＿＿＿＿＿＿＿

＿＿＿＿＿＿＿＿＿＿＿＿＿＿＿＿＿＿＿＿＿＿＿＿＿＿＿＿＿＿＿＿＿

組長簽名＿＿＿＿＿＿＿＿＿＿　　　日期＿＿＿＿＿＿＿＿＿

Taman Rekreasi Dambaanku

Para siswa dipersilahkan mendesain sendiri taman rekreasi yang ada di benaknya. Selesai merancang, guru menyuruh para siswa menjelaskan motif, keunikan, cara bermain dan lainnya, kemudian meminta siswa-siswa mengajukan pertanyaan kepada desainer. Setelah selesai, hasilnya dilaporkan per regu. Para siswa diminta memberikan nilai di formulir penilaian dan menuliskan alasan mengapa menyukai regu yang bersangkutan.

第 八 課　海上旅遊
(Wisata di Laut)

一、閱讀（Wacana）

　　你試過海上旅遊嗎？在海上，早上可以觀賞到日出的美景。看那太陽公公漸漸地發出光芒，喚醒大地；看天空和海水被那光芒染上美麗的色彩，構成了一幅大自然的風景畫。此外，熱情的海風也一直不停地歡迎著遊客的到來。

　　日落時分，忙了一整天的太陽公公，終於收起了那刺眼的光芒，向晚霞、月亮及星星說聲再會之後，才緩緩地休息去了。接著，就由月亮和星星陪著遊客談天。

　　我相信在海上遊玩將使您留下難忘的回憶。

（一）漢語拼音（*Hanyu Pinyin*）

Dìbākè　Hǎishànglǚyóu

Yī　YuèDú

Nǐ shìguò hǎishàng lǚyóu ma? Zài hǎishàng, zǎoshàng kěyǐ guānshǎng dào rìchūde měijǐng. Kàn nà tàiyánggōnggong jiànjiàn de fāchū guāngmáng, huànxǐng dàdì; kàn tiānkōng hé hǎishuǐ bèi nà guāngmáng rǎnshàng měilì de sècǎi, gòuchéngle yì fú dàzìrán de fēngjǐnghuà. Cǐwài, rèqíng de hǎifēng yě yìzhí bùtíng de huānyíngzhe yóukè de dàolái.

Rìluò shífēn, mángle yìzhěngtiān de tàiyánggōnggong, zhōngyú shōuqǐle nà cìyǎn de guāngmáng, xiàng wǎnxiá, yuèliàng jí xīngxing shuō shēng zàihuì zhīhòu, cái huǎnhuǎn de xiūxi qù le. Jiēzhe, jiù yóu yuèliàng hé xīngxing péizhe yóukè tántiān.

Wǒ xiāngxìn zài hǎishàng yóuwán jiāng shǐ nín liúxià nánwàng　de huíyì.

（二）翻譯（Terjemahan）

Pelajaran VIII. Wisata di Laut

Kamu pernah mencoba berwisata di laut? Di laut, pagi hari dapat menyaksikan pemandangan matahari terbit yang indah. Melihat Kakek Matahari sedikit demi sedikit memancarkan sinar, membangunkan bumi; melihat langit dan air diwarnai sinar itu dengan warna yang indah, membentuk sebuah lukisan pemandangan alam. Selain itu, angin laut yang ramah juga senantiasa menyambut kedatangan wisatawan.

Saat matahari terbenam, Kakek Matahari yang telah sibuk sepanjang hari, akhirnya menyimpan sinar yang menyilaukan mata itu, setelah mengucapkan selamat tinggal kepada teja, bulan dan bintang-bintang, baru perlahan-lahan pulang beristirahat. Berikutnya, wisatawan ditemani berbincang-bincang oleh bulan dan bintang-bintang.

Saya yakin berwisata di laut akan membuat Anda memperoleh kenangan yang sulit dilupakan.

（三）問答題（Pertanyaan）

1. 在海上可以看到些什麼？

2. 是「誰」把大地喚醒？

3. 太陽把什麼染上了色彩？

4. 晚上可以看到哪些東西？

5. 太陽在什麼時候下山？

（四）新字與新詞（Kosakata）

1. 日出（名）：rìchū　matahari terbit

　◎今天早上，我們到山上去看日出。

　　Pagi hari ini, kami pergi melihat matahari terbit ke atas gunung.

　　　　日：日子（名）

　◎結婚的日子近了，娜娜和大華覺得又高興又緊張。

2. 光芒（名）：guāngmáng　sinar; cahaya

　◎太陽的光芒真刺眼。

　　Sinar matahari sangat menyilaukan mata.

　　　　光：燈光（名）

　◎這燈的燈光太暗了，該換新的了。

　　　　芒：芒果（名）

　◎媽媽切了許多芒果給客人吃。

3. 喚醒（動）：huànxǐng　membangunkan; membangkitkan; menyadarkan

◎這張照片喚醒了他許多愉快的回憶。

　Foto ini membangkitkan berbagai kenangannya yang menyenangkan.

醒（動）：

◎鬧鐘一響，他就醒了。

4. 染（動）：rǎn

　mewarnai; menyemir; mencelup; mendapat (penyakit); dihinggapi (kebiasaan buruk)

◎他想染頭髮，可是媽媽不准！

　Dia ingin menyemir rambut, tetapi Mama tidak mengijinkannya.

5. 構成（動）：gòuchéng　membentuk; menyusun

◎鋼琴聲和笛聲，構成了好聽的音樂。

　Suara piano dan seruling membentuk musik yang indah.

6. 日落（名）：rìluò　matahari terbenam

◎我們在海邊看日落，景色真漂亮。

　Kami menyaksikan matahari terbenam di pantai, pemandangannya sangat indah.

7. 刺眼（形）：cìyǎn　menyilaukan mata

◎中午的陽光非常刺眼。

　Cahaya matahari di siang hari sangat menyilaukan mata.

刺：魚刺（名）

◎哈林的嘴巴被魚刺刺到，他覺得很不舒服。

8. 晚霞（名）：wǎnxiá　teja; mampang kuning; mampang petang

◎放學後，我們一邊聊天一邊看美麗的晚霞。

　Setelah pulang sekolah, sambil berbincang-bincang kami melihat teja yang indah.

9. 緩緩（副）：huǎnhuǎn　　perlahan-lahan

◎火車緩緩地開走了。

　　Kereta api berangkat perlahan-lahan.

10. 休息（動）：xiūxi　　beristirahat

◎忙了一整天，我們該休息了。

　　Telah sibuk sepanjang hari, sudah semestinya kita istirahat.

11. 談天（動）：tántiān　　berbincang-bincang; mengobrol

◎這星期日，我和朋友到這家餐廳去談天吃飯。

　　Hari Minggu ini, saya dan teman pergi makan dan berbincang-bincang ke rumah makan ini.

> 談：談話（動）

◎在圖書館裡，談話的聲音不可以太大。

二、會話（Percakapan）

山美：海上的景色的確很美，有它獨有的特色。

莎麗：我也有同感。你看！那將要下山的太陽
　　　把天空和大海染成了紅色，真是美極了。

山美：這就是它吸引人的地方吧！等到風平浪
　　　靜時，此景會更加美麗動人。

莎麗：今天的天空沒有多少烏雲，想必我們可以看到滿天星
　　　斗的夜空吧！

山美：我想是的。

莎麗：你把吉他帶來了嗎？我想在那時候彈吉他、唱歌，是
　　　最美妙不過的了。

山美：當然！我怎麼會錯過這大好機會呢？另外，明天早
　　　上我們可不可以早點起床，去欣賞日出的美景呢？

莎麗：好啊！在海上看日出一定
　　　也很不錯。我肚子餓了，
　　　我們吃晚飯去吧！

山美：好吧！我肚子也同樣地在
　　　打鼓了。

（一）漢語拼音（*Hanyu Pinyin*）

Èr　HuìHuà

ShānMěi : Hǎishàng de jǐngsè díquè hěnměi, yǒu tā dúyǒu de tèsè.

ShāLì　　: Wǒ yě yǒu tónggǎn. Nǐ kàn! Nà jiāngyào xiàshān de tàiyáng bǎ tiānkōng hé dàhǎi rǎnchéngle hóngsè, zhēnshì měijíle.

ShānMěi : Zhè jiùshì tā xīyǐnrén de dìfāng ba! Děngdào fēngpínglàngjìng shí, cǐjǐng huì gèngjiā měilì dòngrén.

ShāLì　　: Jīntiān de tiānkōng méiyǒu duōshǎo wūyún, xiǎngbì wǒmen kěyǐ kàndào mǎntiānxīngdǒu de yèkōng ba!

ShānMěi : Wǒ xiǎng shì de.

ShāLì　　: Nǐ bǎ jítā dàiláile ma? Wǒ xiǎng zài nàshíhòu tán jítā, chànggē, shì zuì měimiào búguò de le.

ShānMěi : Dāngrán! Wǒ zěnme huì cuòguò zhè dàhǎo jīhuì ne? Lìngwài míngtiān zǎoshàng wǒmen kě bù kěyǐ zǎodiǎn qǐchuáng, qù xīnshǎng rìchū de měijǐng ne?

ShāLì　　: Hǎo a! Zài hǎishàng kàn rìchū yídìng yě hěn búcuò. Wǒ dùzi èle, wǒmen chī wǎnfàn qù ba!

ShānMěi : Hǎo ba! Wǒ dùzi yě tóngyàng de zài dǎgǔ le.

（二）翻譯（Terjemahan）

Sambi : "Pemandangan di laut memang sangat indah, ada keunikannya tersendiri."

Sari : "Saya juga mempunyai perasaan yang sama. Coba lihat! Matahari yang akan terbenam mewarnai langit dan laut menjadi warna merah, sungguh bukan main indahnya. "

Sambi : "Barangkali inilah yang menarik hati orang! Tunggu hingga saat angin reda dan laut pun tenang, pemandangan ini akan lebih indah dan lebih menggugah hati."

Sari : "Langit hari ini tidak banyak awan hitam, boleh jadi kita bisa menyaksikan langit malam yang bertaburan bintang-bintang. "

Sambi : "Saya pikir mungkin begitu."

Sari : "Kamu bawa gitar kemari? Saya pikir pada waktu itu main gitar, bernyanyi, tiada yang lebih indah lagi."

Sambi : "Tentu! Bagaimana saya bisa menyia-nyiakan kesempatan yang sangat baik ini. Selain itu, besok pagi kita boleh enggak bangun lebih awal, menikmati pemandangan matahari terbit yang indah.

Sari : "Baiklah! Melihat matahari terbit di laut pasti bagus juga. Perut saya sudah lapar, ayo kita pergi makan malam! "

Sambi : "Baik! Perut saya juga sudah lapar! "

（三）新字與新詞（Kosakata）

1. 的確（副）：díquè   memang; benar; sungguh

　◎這故事的確很有趣，大家聽了哈哈大笑。

　　Cerita ini memang sangat lucu, semuanya tertawa terbahak-bahak setelah mendengarnya.

2. 獨有（形）：dúyǒu   hanya dimilikinya sendiri

　◎峇里島的景色真美，有它獨有的特色。

　　Pemandangan Pulau Bali sangat cantik, ada keunikannya tersendiri.

3. 天空（名）：tiānkōng   langit; angkasa

　◎小鳥在天空中快樂地飛。

Burung dengan gembira terbang di atas langit.

4. 極（副）：jí　luar biasa; bukan main

◎這杯咖啡香極了，我想再喝一杯。

Kopi ini bukan main harumnya, saya ingin minum secangkir lagi.

極：南極（名）

◎妹妹想去南極看可愛的企鵝寶寶。

5. 動人（形）：dòngrén　menggugah hati; menawan hati; mengharukan

◎海上的景色的確是美麗動人啊！

Pemandangan di laut memang indah dan menggugah hati!

6. 烏雲（名）：wūyún　awan hitam; mega mendung

◎天上有許多烏雲，好像快下雨了。

Langit terdapat banyak awan hitam, sepertinya akan segera turun hujan.

7. 美妙（形）：měimiào　indah; baik sekali; indah sekali

◎娜娜覺得貝多芬的音樂是世界上最美妙的音樂。

Nana merasa musik Beethoven adalah musik terindah di dunia.

美：美好（形）

◎哥哥希望自己有一個美好的未來。

8. 錯過（動）：cuòguò　menyia-nyiakan; melepaskan

◎我們起床起得太晚，所以錯過了日出的美景。

Kami bangun kesiangan, sehingga menyia-nyiakan pemandangan matahari terbit yang indah.

錯：錯字（名）

◎你寫了錯字，是「日」不是「曰」。

9. 大好（形）：dàhǎo　　baik sekali; sangat menguntungkan

◎你要好好把握這大好機會。

　　Kamu harus sedapat mungkin memanfaatkan kesempatan yang sangat baik ini.

10. 機會（名）：jīhuì　　kesempatan; peluang

◎這是個好機會，你不能失敗。

　　Ini adalah satu kesempatan yang baik, kamu tidak boleh gagal.

11. 呢（助）：ne　　dipakai di akhir kalimat untuk membenarkan suatu fakta; penutup kalimat tanya

◎你怎麼不穿這件紅色的衣服呢？

　　Mengapa kamu tidak memakai baju merah ini?

12. 欣賞（動）：xīnshǎng　　menikmati; mengagumi

◎我們在這兒一起欣賞秋天的美景。

　　Kami di sini bersama-sama menikmati pemandangan indah musim gugur.

13. 鼓（名）：gǔ　　tambur; gendang; genderang

◎我請這位老師教我打鼓。

　　Saya meminta guru ini mengajari saya bermain gendang.

> 鼓：鼓手（名）

◎這位有名的鼓手曾經去臺灣表演。

成語（Peribahasa）

※ 風平浪靜 fēngpínglàngjìng　　angin reda dan laut pun tenang

◎ 下了大雨後，海上風平浪靜。

Setelah hujan lebat, laut menjadi tenang.

浪（名）：　　ombak; gelombang

◎ 今天海邊的浪很大。

Hari ini ombak pantai sangat besar.

靜（名）： tak bersuara; tenang; diam

◎ 鄉下的夜晚很靜，一點兒聲音也沒有。

Malam hari di desa sangat tenang, tidak ada sedikit suara pun.

※滿天星斗 mǎntiānxīngdǒu　langit bertaburan bintang-bintang

◎ 我們在山上看到了滿天星斗的夜空。

Kami di atas gunung menyaksikan langit malam yang bertaburan bintang-bintang.

滿（動）： penuh; berisi; puas; senang

◎ 杯子的水已經滿了，別再加水了。

Air di dalam gelas sudah penuh, jangan menambah air lagi.

斗（名）： bintang biduk

三、語法（Tata Bahasa）

（一）漸漸（Perlahan-lahan）

"漸漸" berarti "perlahan-lahan", digunakan untuk menyatakan keadaan atau tindakan, subjek yang mengalami perubahan secara berangsur-angsur seiring dengan berlalunya waktu.

Subjek	漸漸（地）	Perubahan
太陽		升上來了。

1. 歌聲漸漸停止了。

2. 我們都會漸漸地長大。

3. 氣溫漸漸地暖和起來了。

4. 太陽漸漸地從東面升起。

5. 過了一些日子，我漸漸地習慣了這兒的環境。

（二）終於（Akhirnya）

"終於" berarti "akhirnya", digunakan untuk menyatakan hasil dari suatu keadaan setelah mengalami proses yang relatif lama.

Mengalami Proses yang Agak Lama	Subjek	終於	Hasil
找了一整天，	我		找到了奶奶的眼鏡。

1. 考完大考，妹妹終於能輕鬆了。

2. 等了半個多小時，公車終於來了。

3. 走了五個小時，我終於回到家了。

4. 幾個月沒下過雨，今天終於下雨了。

5. 上了兩個小時的課，我們終於可以下課了。

（三）由（Oleh）

"由" menyatakan cara, alasan atau sumber.

Peristiwa Tertentu	由	Pelaku dan Tindakan
這些問題		麗雅回答。

1. 這件事由你自己決定。

2. 這次晚餐由妹妹準備。

3. 這次舞會**由**哈山來表演。

4. **由**他介紹這個東西比較清楚一點。

5. 現在**由**這隻可愛的大象帶來有趣的表演。

（四）將要（Segera Akan）

"將要" menunjukkan suatu keadaan atau tindakan akan segera terjadi.

Subjek	將要	Tindakan atau Keadaan yang Akan Segera Terjadi
火車		來了。

1. 比賽將要開始了。

2. 飛機將要抵達機場。

3. 將要下雨了，我們回家吧。

4. 今年的八月，大華將要回國了。

5. 他將要帶許多好吃的東西送給我們吃。

（五）是最（再）……不過了（Tiada Yang Lebih...Lagi）

Pola kalimat "是再……不過了" atau "是最……不過了" berpasangan dengan kelompok kata sifat atau kata sifat berbunyi ganda, untuk menunjukkan tingkat tertinggi.

Peristiwa	是再/是最	Kata Sifat	不過了。
一個人到處去旅遊，		快樂	

1. 你肯原諒他，是再好不過了。

2. 吃飽後立刻喝杯綠茶，是再好不過了。

3. 她對她男朋友的事，是最清楚不過了。

4. 讓三歲小孩子一個人過馬路，是最危險不過了。

5. 能一邊吃著冰淇淋，一邊吹著冷氣，是最舒服不過的事了。

四、語法練習（Latihan Tata Bahasa）

（一）請用「漸漸地」完成句子

Gunakan "漸漸地" untuk menyelesaikan kalimat-kalimat berikut!

例：太陽／東方升起→<u>太陽漸漸地從東方升起</u>。

1. 太陽／發出光芒

→_____。

2. 天氣／暖和

→_____。

3. 天／黑了

→_____。

4. 他的成績／進步了

→_____。

5. 考試日期／接近

→＿＿＿＿＿＿＿＿＿＿＿＿＿＿＿＿＿＿＿＿＿＿。

6. 樹上的葉子／綠

→＿＿＿＿＿＿＿＿＿＿＿＿＿＿＿＿＿＿＿＿＿＿。

7. 他／瘦

→＿＿＿＿＿＿＿＿＿＿＿＿＿＿＿＿＿＿＿＿＿＿。

(二)依照提示改寫句子

Menulis ulang kalimat seperti pada contoh!

例：

前年弟弟十歲，去年十一歲，今年十二歲。

→*弟弟漸漸地長大了*。

（長大）

1. 上個星期我 50 公斤，這個星期 49 公斤，今天 48 公斤。

→＿＿＿＿＿＿＿＿＿＿＿＿＿＿＿＿＿＿＿＿。（瘦）

2. 五月香蕉一斤 20 元，六月香蕉一斤 30 元，七月香蕉一斤
   40 元。

→＿＿＿＿＿＿＿＿＿＿＿＿＿＿＿＿＿＿＿＿。（貴）

3. 國中我每月的零用錢 2000 元，高中每月的零用錢 3000 元，
   大學每月的零用錢 5000 元。

→＿＿＿＿＿＿＿＿＿＿＿＿＿＿＿＿＿＿＿＿。（多）

4. 前年北極熊有 20 萬隻，去年北極熊有 15 萬隻，今年北極
   熊有 10 萬隻。

→＿＿＿＿＿＿＿＿＿＿＿＿＿＿＿＿＿＿＿＿＿＿＿＿＿。（少）

（三）填空（將框裡的句子填進空格裡）

Isilah kalimat berikut dengan menggunakan kata-kata di dalam kotak!

終於考上國立大學了	終於能夠買新的摩托車了
終於趕上公車了	今天終於變晴了
終於買到電影票了	

1. 已經下了一個月的雨，＿＿＿＿＿＿＿＿＿＿＿＿＿＿＿＿。

2. 她排隊排了十個小時，＿＿＿＿＿＿＿＿＿＿＿＿＿＿＿＿。

3. 今年哥哥努力地讀書，＿＿＿＿＿＿＿＿＿＿＿＿＿＿＿＿。

4. 哈山一出門就跑到公車站，＿＿＿＿＿＿＿＿＿＿＿＿＿＿。

5. 弟弟存了半年的錢，＿＿＿＿＿＿＿＿＿＿＿＿＿＿＿＿＿。

（四）請用「終於」完成句子

Gunakan "終於" untuk menyelesaikan kalimat-kalimat berikut!

例：哥哥和他的女朋友認識了十年，<u>他們今年終於結婚了</u>。

（……結婚了）

1. 他辛苦了那麼久，_____。

（……得到第一名）

2. 大山最近感冒了，聽醫生的話吃了藥，也喝了很多開水，

_____。

（……好多了）

3. 雨下了那麼久，_____。

（……停了）

4. 我們等公車等了一下午了，_____。

（……來了）

五、文章閱讀（Membaca）

我到阿里山旅行的故事

你聽過臺灣的阿里山嗎？在阿里山上你可以欣賞到最棒的日出，現在就讓我來告訴你，我在阿里山旅行的故事吧！

時間：2007 年 4 月 6 日

地點：阿里山旅館

人物：小魚兒、小勇

因為要看日出，所以我們很早就休息了。半夜三點，我們起來準備行李，我們搭的是三點四十分的火車，小勇和我很早就到火車站等車，因為我們不希望沒有位子坐。天空很暗，我們坐火車來到了祝山，買了早餐之後，我們兩個就到前面去占位子，小勇之前已經來過一次，所以他知道哪個方向可以看到最美的日出，我跟著他走就可以了。天氣好冷，我和小勇穿著厚厚的外套，喝著溫暖的湯和咖啡之後，好像不那麼冷了。現在是四點二十分，人越來越多了，距離日出的時間也越來越近了。

　　五點多的時候，有一個人突然站在石頭上，他看一看手錶，立刻告訴我們今天的日出時間是五點三十五分，我們都覺得很奇怪，他為什麼會知道日出的時間，不過，我想他一定是對這方面很了解的人吧！天空漸漸地亮了，大家都在期待日出，我可以看到遠方的那座山頭有光芒出現，到了五點三十五分，太陽終於出現了，因為太高興了，大家都拍手鼓掌。

　　這個時候太陽已經高高地掛在天空中，天氣開始變熱，人也慢慢地走了，之後我和小勇回到旅館睡了一會兒，早上九點我們又到阿里山有名的步道走走，感覺特別地舒服、快樂，小勇還在高大的老樹面前幫我拍了幾張照片。這次的旅行的確讓人非常難忘，我和小勇都說下次一定要再來這裡玩。

（一）新詞（Kosakata）

1. 半夜（名）：tengah malam
   ◎半夜的時候，我被一隻貓的叫聲吵醒。
2. 祝山（名）：nama gunung di Taiwan, terletak di Objek Wisata Alishan
   ◎我和小勇一起坐小火車到祝山去看日出。
3. 占（動）：merebut; menduduki; mengambil (menjadi milik sendiri)
   ◎今天我去圖書館看書時，阿傑已經幫我占好了位置。
4. 期待（動）：mengharapkan; menantikan; berharap
   ◎他一直期待暑假的到來。
5. 山頭（名）：bagian atas gunung atau bukit
   ◎山頭上有一棵高大的樹木。

八

(二)問題與討論（Pertanyaan dan Diskusi）

1. 小魚兒和小勇到哪兒去旅行？他們去那兒做什麼？
2. 他們搭幾點的火車？他們為什麼那麼早到火車站等車？
3. 小勇之前去過那兒嗎？他知道什麼事情呢？
4. 日出是什麼時候？那個人說對了嗎？（請用「的確」回答。）
5. 大家為什麼拍手？

六、課堂活動（Kegiatan Kelas）

啞劇猜謎

　　老師出題，由學生表演，以啞劇方式表示「漸漸地」的語用情境，（可以用道具輔助）全班同學用「漸漸地」句型猜出謎題。

例如：學生甲拿了四張數學考卷，考卷上面是某人的名字，依序拿出十分、二十分、三十六分的數學成績，請全班用「漸漸地」造出句子。

Tebakan Pantomim

Guru mengeluarkan soal yang akan diperagakan oleh siswa. Siswa menggunakan cara pantomim (sandiwara bisu) menyatakan suasana bahasa"漸漸地" (bisa dibantu dengan menggunakan alat peraga). Seluruh siswa sekelas menggunakan pola kalimat"漸漸地" untuk menebak.

Misalnya: Siswa A mendapat empat lembar kertas ujian matematika, di atas kertas ujian tertulis nama seseorang, sesuai dengan urutan keluarkan nilai matematika 10, 20 dan 36, minta seluruh kelas menggunakan "漸漸地" untuk membuat kalimat.

第 九 課　郵票博物館
(Museum Perangko)

一、閱讀（Wacana）

萬隆市內有一間郵票博物館。裡面保存了許多曾在國內發行的郵票，而且博物館裡還收藏了一輛古老的腳踏車，聽說那是萬隆第一輛用來送信的腳踏車；另外，還有一套郵局印章和許多印著印尼文化、動物、植物、風景圖畫的信封，是博物館裡最吸引人的收藏品之一。

如果您到那兒去，一方面可以欣賞到裡面所有的收藏品，讓您增加知識，另一方面您還能獲得印有郵票圖畫的貼紙、記事簿、筆和尺。這些都是郵票博物館贈送給參觀者的禮物。

（一）漢語拼音（*Hanyu Pinyin*）

Dìjiǔkè　Yóupiàobówùguǎn

Yī　YuèDú

　　Wànlóng shì nèi yǒu yì jiān yóupiào bówùguǎn. Lǐmiàn bǎocúnle xǔduō céng zài guónèi fāxíng de yóupiào, érqiě bówùguǎnlǐ hái shōucángle yí liàng gǔlǎo de jiǎotàchē, tīngshuō nàshì wànlóng dìyī liàng yònglái sòngxìn de jiǎotàchē; lìngwài, háiyǒu yí tào yóujú yìnzhāng hé xǔduō yìnzhe yìnní wénhuà, dòngwù, zhíwù, fēngjǐng túhuàde xìnfēng, shì bówùguǎn lǐ zuì xīyǐnrén de shōucángpǐn zhīyī.

　　Rúguǒ nín dào nàr qù, yìfāngmiàn kěyǐ xīnshǎngdào lǐmiàn suǒyǒude shōucángpǐn, ràng nín zēngjiā zhīshi, lìngyìfāngmiàn nín hái néng huòdé yìnyǒu yóupiào túhuà de tiēzhǐ, jìshìbù, bǐ hé chǐ. Zhèxiē dōushì yóupiào bówùguǎn zèngsònggěi cān'guānzhě de lǐwù.

（二）翻譯（Terjemahan）

Pelajaran IX. Museum Perangko

　　Di dalam kota Bandung ada sebuah museum perangko. Di dalamnya tersimpan banyak perangko yang pernah beredar di dalam negeri, dan di dalam museum masih tersimpan sebuah sepeda kuno, konon itu adalah sepeda pertama di Bandung yang digunakan untuk mengantar surat; selain itu, masih terdapat satu set stempel kantor pos dan berbagai amplop surat yang bercetakan gambar kebudayaan, fauna, flora dan pemandangan Indonesia, yang merupakan salah satu barang koleksi museum yang paling menarik hati orang.

　　Apabila Anda pergi ke sana, di satu pihak dapat menyaksikan semua barang koleksi di dalamnya, menambah pengetahuan Anda, di lain pihak Anda masih dapat memperoleh stiker yang bercetakan gambar perangko, buku catatan, alat tulis dan penggaris. Semua ini merupakan kado yang diberikan museum perangko kepada pengunjung.

（三）問答題（Pertanyaan）

1. 郵票博物館裡收藏了哪些東西？

2. 那兒為何收藏了一輛腳踏車？

3. 博物館裡有很多信封，信封上印著哪些圖畫？

4. 郵票博物館可以使參觀者增加知識，是真的嗎？為什麼？

5. 參觀者可以得到什麼樣的禮物？

（四）新字與新詞（Kosakata）

1. 萬隆（名）：wànlóng   Bandung (Ibukota Propinsi Jawa Barat)

◎萬隆市裡有一間非常有名的郵票博物館。

Di kota Bandung terdapat sebuah museum perangko yang sangat terkenal.

2. 內（方位）：nèi   dalam; di dalam

◎現在室內的溫度和室外的溫度相差十度。

Saat ini suhu di dalam dan luar ruang berbeda 10 derajat.

3. 郵票（名）：yóupiào   perangko

◎我對郵票博物館裡的郵票產生了極大的興趣。

Saya menaruh minat yang sangat besar pada perangko di dalam museum perangko.

4. 保存（動）：bǎocún   menyimpan; memelihara; mempertahankan

◎羅浮宮裡保存了許多偉大藝術家的精緻作品。

Museum Lourve menyimpan berbagai karya seniman agung yang indah sekali.

保：保護（動）

◎他是一個好哥哥，常常保護妹妹。

環遊印尼學華語第一冊

5. 發行（動）：fāxíng　mengedarkan; menerbitkan; mengeluarkan

◎這是印度尼西亞留學生第一次在日本發行的報紙，內容非常豐富、有趣。

Ini adalah koran yang diterbitkan pertama kali oleh pelajar Indonesia yang belajar di Jepang, sangat kaya akan isi dan menarik.

> 行：步行（動）／行人（名）

◎我和哥哥每天步行上學。
◎行人要走在人行道上才安全。

6. 收藏（動）：shōucáng　menyimpan; mengumpulkan; mengoleksi

◎爸爸喜歡收藏各地的明信片，媽媽卻喜歡收藏各地的郵票。

Ayah suka mengoleksi kartu pos dari berbagai tempat, Mama malah suka mengumpulkan perangko dari berbagai daerah.

> 收：收拾（動）／收穫（名）

◎你把房間收拾好以後，我們就出去玩。
◎參加這次的比賽讓我得到了很多收穫。

7. 古老（形）：gǔlǎo　kuno; purba

◎爺爺喜歡下棋，因此收藏了許多古老的棋盤。

Kakek suka main catur, sehingga banyak mengoleksi papan catur kuno.

8. 一套（數量）：yítào　satu set

◎我的成績進步了，所以老師送我一套文具組做為獎品。

Nilai saya membaik, oleh karenanya guru memberikan saya satu set alat tulis-menulis sebagai hadiah.

9. 印章（名）：yìnzhāng　stempel; cap

◎我喜歡收藏各式各樣印著可愛圖案的印章。

Saya suka mengumpulkan beraneka ragam stempel yang bercetakan gambar yang imut-imut.

10. 信封（名）：xìnfēng   amplop; sampul surat

◎在信封上我們會寫上收信人以及自己的地址。

　　Di atas amplop kita akan menuliskan alamat penerima surat dan alamat diri sendiri.

11. 知識（名）：zhīshi   pengetahuan

◎知識就是力量，這是一句古老而且實用的話。

　　Pengetahuan adalah kekuatan, ini adalah suatu ucapan yang kuno dan praktis.

12. 貼紙（名）：tiēzhǐ   stiker

◎我的朋友從萬隆寄了許多印有郵票圖畫的貼紙給我。

　　Teman saya dari Bandung mengirimkan berbagai stiker yang bercetakan gambar perangko kepada saya.

13. 贈送（動）：zèngsòng menghadiahkan; memberi tanpa ganti; memberikan

◎只要參加這次活動，公司都會贈送一份紀念品。

　　Asal mengikuti kegiatan ini, perusahaan akan memberikan sebuah cendera mata.

> 贈：贈品（名）

◎我在這家商店買了許多紀念品，老闆因此特別送我這些贈品。

14. 禮物（名）：lǐwù   kado; bingkisan

◎我想送一雙鞋子給媽媽當作生日禮物。

　　Saya ingin memberikan sepasang sepatu kepada Mama sebagai hadiah ulang tahun.

> 送：送禮（動）

◎過年的時候，我們常送禮給朋友。

二、會話（Percakapan）

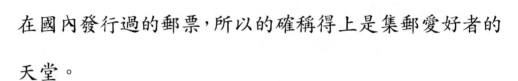

莎麗：郵票博物館真可說是集郵愛好

者的天堂啊！

拉娜：是啊！博物館裡收藏了所有曾

在國內發行過的郵票，所以的確稱得上是集郵愛好者的

天堂。

莎麗：那兒為什麼也收藏了一輛腳踏車呢？

燕妮：它有很高的歷史價值，因為這是萬隆第一輛用來送信的

腳踏車。

拉娜：你們看！那兒有許多印有動物圖畫的信封，我可以買這

些信封嗎？

莎麗：這些都是非賣品，不過最近發行了一些印有許多動物圖

畫的郵票，在這兒可能買得到吧！

拉娜：看了這麼多的郵票，不但使我對它們產生了興趣，從明

天起，我還要開始收集郵票。

燕妮：這倒是個好主意，不過時候不早了，我們回去吧。

（一）漢語拼音（Hanyu Pinyin）

Èr　HuìHuà

ShāLì：Yóupiào bówùguǎn zhēn kěshuōshì jíyóu àihàozhě de tiāntáng a!

LāNà : Shì a! Bówùguǎn lǐ shōucángle suǒyǒu céng zài guónèi fāxíngguò de yóupiào, suǒyǐ díquè chēngdeshàng shì jíyóu àihàozhě de tiāntáng.

ShāLì : Nàr wèishénme yě shōucángle yí liàng jiǎotàchē ne?

YànNī : Tā yǒu hěn gāo de lìshǐ jiàzhí, yīnwèi zhèshì Wànlóng dìyī liàng yònglái sòngxìn de jiǎotàchē.

LāNà : Nǐmen kàn! Nàr yǒu xǔduō yìnyǒu dòngwù túhuà de xìnfēng, wǒ kěyǐ mǎi zhèxiē xìnfēng ma?

ShāLì : Zhèxiē dōushì fēimàipǐn, búguò zuìjìn fāxíngle yìxiē yìnyǒu xǔduō dòngwù túhuà de yóupiào, zài zhèr kě'néng mǎidedào ba!

LāNà : Kànle zhème duōde yóupiào, búdàn shǐ wǒ duì tāmen chǎnshēngle xìngqù, cóng míngtiān qǐ, wǒ háiyào kāishǐ shōují yóupiào.

YànNī : Zhè dàoshì ge hǎozhǔyì, búguò shíhòu bù zǎo le, wǒmen huíqù ba.

（二）翻譯（Terjemahan）

Sari : "Museum perangko memang dapat dikatakan sebagai surga bagi pecinta filateli."

Ratna : "Iya! Dalam museum tersimpan semua perangko yang pernah beredar di dalam negeri, makanya memang patut disebut sebagai surga bagi orang yang suka mengoleksi perangko."

Sari : "Mengapa di sana juga tersimpan sebuah sepeda."

Yanni : "Sepeda itu mempunyai nilai sejarah yang sangat tinggi, karena ini adalah sepeda pertama di Bandung yang digunakan untuk mengantar surat."

Ratna : "Coba kalian lihat! Di sana ada amplop yang bercetakan berbagai gambar hewan, apakah saya bisa membeli amplop ini?"

Sari : "Ini adalah barang yang tak diperjualbelikan, namun demikian akhir-akhir ini telah beredar perangko yang bercetakan berbagai gambar binatang, barangkali dapat beli di sini!"

Ratna : "Setelah melihat begitu banyak perangko, tidak hanya membuat saya tertarik pada perangko, mulai besok, saya juga akan mulai mengoleksi perangko."

Yanni : "Ini malah sebuah ide yang bagus, tapi waktu sudah tidak pagi lagi, mari kita pulang."

（四）新字與新詞（Kosakata）

1. 集郵（動）：jíyóu　mengoleksi perangko

　◎弟弟從小就喜歡集郵，收藏了各種郵票。

　　Adik sejak kecil suka mengoleksi perangko, dia telah mengumpulkan berbagai jenis perangko.

2. 稱（動）：chēng　menyebut; memanggil

　◎他很照顧病人，所以稱得上是一位偉大的醫生。

　　Dia sangat memperhatikan pasien, sehingga dapat disebut sebagai seorang dokter agung.

　　稱：稱呼（名）／名稱（名）

　◎葡萄牙人稱呼臺灣為福爾摩沙。
　◎這首歌的名稱叫做「小星星」。

3. 歷史（名）：lìshǐ　sejarah

　◎中國的歷史已經有五千多年了，是一個古老的國家。

　　Sejarah China sudah lebih dari 5.000 tahun, merupakan sebuah negara kuno.

4. 價值（名）：jiàzhí　nilai

　◎恐龍有很高的歷史價值，因此很多人都喜歡研究牠們。

　　Dinosaurus mempunyai nilai sejarah yang sangat tinggi, sehingga banyak orang suka menelitinya.

　　價：價格（名）

　◎這棟房子的價格很便宜，你打算什麼時候買？

5. 非賣品（名）：fēimàipǐn　barang yang tidak diperjualbelikan

　◎這件衣服是非賣品，就算你是有錢人，我們也不賣。

　　Baju ini adalah barang yang tak diperjualbelikan, meskipun kamu adalah orang kaya, kami juga tidak mau menjualnya.

6. 產生（動）：chǎnshēng　timbul; muncul; menghasilkan; menimbulkan

◎最近，我對腳踏車產生了興趣。

　　Akhir-akhir ini, muncul minat saya terhadap sepeda.

> 產：產品（名）

◎這家公司推出的產品都非常受人歡迎。

7. 興趣（名）：xìngqù　minat; rasa tertarik

◎我和哈山的興趣都是看電影。

　　Minat saya dan Hasan adalah menonton film.

8. 開始（動）：kāishǐ　mulai

◎從明天開始，我要養成早睡早起的好習慣。

　　Mulai besok, saya harus memupuk kebiasaan tidur awal bangun pagi.

9. 倒（副）：dào　menyatakan sebaliknya daripada yang diduga, bukan begitu

keadaannya; terbalik; kebalikan

◎選男生當班長，這倒是個好主意。

　　Memilih cowok menjadi ketua kelas, ini malah sebuah ide bagus.

10. 主意（名）：zhǔyì　ide; rencana

◎中午的時候，去中國餐館吃飯是一個不錯的主意。

　　Pada waktu siang, makan ke restoran Tionghoa adalah ide yang lumayan.

三、語法（Tata Bahasa）

（一）另外（Selain itu）

"另外" menunjukkan cakupan masalah selain yang telah dikemukan dalam kalimat sebelumnya.

Anak Kalimat	另外，	Peristiwa Selain yang Terdapat pada Anak Kalimat
在這家餐廳裡，你可以吃到餃子、包子和各式炒麵、炒飯，		還可以吃到不少特別的地方小菜。

1. 我點了燒賣。你想吃什麼？我另外叫。

2. 請三位學生各準備一篇自我介紹，另外，還要準備個人表演。

3. 當你說話的時候，要注意聲音的大小，另外，還要注意說話的速度。

4. 這家服裝店的東西很精緻，包括皮包以及帽子，另外，鞋子的設計也很受女性歡迎。

（二）如果（Jika）

"如果" diletakkan pada anak kalimat pertama untuk menyatakan pengandaian, sedangkan anak kalimat kedua mengemukakan kesimpulan atau mengajukan masalah.

如果	Pengandaian	Kesimpulan atau Masalah
	同學有什麼問題，	可以隨時問老師。

1. 如果小孩不見了，媽媽會很緊張。

2. 如果不努力讀書，怎麼會考上好的學校呢？

3. 如果你真的喜歡這一件衣服，就買下來吧！

4. 如果你是真心喜歡小王，就選擇他當你的男朋友吧！

5. 如果你都不相信這些認識很久的朋友，那還能相信誰？

（三）一方面……另一方面…… (Di Satu Pihak...di Pihak Lain...)

Pola kalimat "一方面……另一方面……" menghubungkan dua kalimat setara yang saling berkaitan, atau dua sisi dari satu masalah.

Pernyataan	一方面	Keadaan I	另一方面	Keadaan II
參加郵票博物館，		可以欣賞許多漂亮的郵票，		可以增加知識。

1. 她常常坐計程車，一方面比較快，另一方面比較方便。

2. 我喜歡鄉下，一方面空氣新鮮，另一方面鄰居很親切。

3. 我不想出去，一方面已經很晚了，另一方面我也很累了。

4. 我想讀這所學校，一方面教室很新，另一方面老師都很和善。

5. 妹妹喜歡臺灣，一方面臺灣有很多小吃，另一方面臺灣很熱鬧。

（四）最近 (Akhir-Akhir ini)

"最近"menunjukkan waktu yang berdekatan, baik yang telah lalu maupun yang akan datang.

最近	Subjek	Peristiwa Lalu atau yang akan Terjadi
	他	都沒去上學。

1. 最近的天氣很熱。

2. 最近小明常常遲交功課。

3. 最近我的學校發生了一件可怕的事情。

4. 最近我和家人看了一部令人感動的電影。

5. 最近幾天我總是遲到，因此我被老師處罰了。

（五）不但……還…… (Tidak hanya…juga…)

Pola kalimat "不但……還……" menunjukkan selain apa yang telah disebutkan terlebih dahulu, masih terdapat hal lain yang lebih ditekankan.

Subyek	不但	Keadaan I	，還	Keadaan II
莉雅		聰明		很用功。

1. 她不但乖巧，還很聽話。

2. 電腦不但方便，還很實用。

3. 亞美不但會唱歌，還會跳舞。

4. 阿里不但喜歡寫字，還喜歡寫書法。

5. 聽中文音樂不但能學中文，還能放鬆心情。

四、語法練習（Latihan Tata Bahasa）

（一）請用「不但……還……」完成句子

Gunakan "不但……還……" untuk menyelesaikan kalimat!

1. 電腦對我們有什麼幫助呢？

→＿＿＿＿＿＿＿＿＿＿＿＿＿＿＿＿＿＿＿。

（很方便／可以增加我們的知識）

2. 你覺得常常跑步的人，身體好不好？

→＿＿＿＿＿＿＿＿＿＿＿＿＿＿＿＿＿＿＿。

（身體好／不容易生病）

3. 你知道達文西（Leonardo da Vinci）嗎？

→＿＿＿＿＿＿＿＿＿＿＿＿＿＿＿＿＿＿＿。

（聰明／很會畫畫）

4. 你想不想學中文？

→＿＿＿＿＿＿＿＿＿＿＿＿＿＿＿＿＿＿＿。

（想學／希望看得懂中文書）

（二）請用「不但……還……」改寫句子

Gunakan "不但……還……" untuk menulis ulang kalimat!

例：

　哥哥考了一百分，得到了第一名。

→哥哥不但考了一百分，還得到了第一名。

1. 小明的人很好，他常常幫助別人。

→＿＿＿＿＿＿＿＿＿＿＿＿＿＿＿＿＿＿＿。

2. 這家餐廳的菜很好吃，而且很便宜。

→＿＿＿＿＿＿＿＿＿＿＿＿＿＿＿＿＿＿＿。

3. 他出門忘了帶手機，還忘了帶錢。

→＿＿＿＿＿＿＿＿＿＿＿＿＿＿＿＿＿＿＿。

4. 這個小弟弟很厲害，會唱歌也會跳舞。

→＿＿＿＿＿＿＿＿＿＿＿＿＿＿＿＿＿＿＿。

5. 大雄考試考不好，媽媽很生氣而且還打了他。

→＿＿＿＿＿＿＿＿＿＿＿＿＿＿＿＿＿＿＿。

(三)填空（將框裡的句子填進空格裡）

Isilah kalimat berikut dengan menggunakan kata-kata di dalam kotak!

A.今天的天氣不錯

B.這件衣服很好看

C.煙有一點貴

D.他不敢一個人待在家裡

E.價錢便宜

F.他還太小

G.沒有什麼事

H.對身體不好

1. 美美：你覺得抽煙好不好？

   小山：不好，一方面（C）＿＿＿＿煙有一點貴＿＿＿＿，

   另一方面（　　）＿＿＿＿＿＿＿＿＿＿＿＿＿＿＿。

2. 小偉：仁成，我們一起去看電影吧！

   仁成：可是我弟弟怎麼辦？

   小偉：就讓他待在家裡。

   仁成：不可以，一方面（　　）＿＿＿＿＿＿＿＿＿＿，

   另一方面（　　）＿＿＿＿＿＿＿＿＿＿＿＿。

3. 阿亮：今天下午你有事嗎？

   小優：我沒事。

   阿亮：我們一起出去玩吧！一方面（　　）＿＿＿＿＿，

   另一方面（　　）＿＿＿＿＿＿＿＿＿＿＿＿。

4. 小麗：你要買這件衣服嗎？

   小玉：我當然要買，一方面（　　）＿＿＿＿＿＿＿，

   另一方面（　　）＿＿＿＿＿＿＿＿＿＿＿＿＿。

（四）依照提示完成對話

Selesaikan percakaan berikut dengan menggunakan kata-kata yang tersedia!

1. 山美：她為什麼不跟我們一起出去玩？

   小麗：她不跟我們一起出去玩，一方面＿＿＿＿＿＿，

_____。

所以她不能跟我們出去玩。

（她媽媽不讓她出去／明天有考試）

2. 小傑：你覺得走路去學校好，還是坐公車去學校好？

阿豪：我覺得坐公車去學校比較好，_____

_____。

（不會太累／不容易遲到）

3. 妹妹：媽媽，我們買糖果吃好不好？

媽媽：不好。

妹妹：可是我真的好想吃糖果。

媽媽：還是不可以，妹妹要乖喔！買糖果吃_____

_____。

（不容易吃飽／會對牙齒不好）

4. 小安：娜拉的生日快到了，你想要送什麼禮物給她？

阿仁：我想不出要送什麼禮物給她。

小安：你覺得送她小熊娃娃好不好？

阿仁：這個主意真不錯！_____

_____。

（她喜歡小熊／娃娃不會太貴）

5. 【哈山打電話給小奕……】

　　哈山：小奕，你在哪兒呀？比賽已經開始了！

　　小奕：對不起，我現在還在路上。

　　哈山：還在路上？你怎麼那麼慢？

　　小奕：真的很對不起喔！＿＿＿＿＿＿＿＿＿＿＿＿＿

　　　＿＿＿＿＿＿＿＿＿＿＿＿＿＿＿＿＿＿＿＿＿＿＿。

　　　　　　　　　（家裡有一點事／路上的車子太多了）

　　哈山：沒關係啦！快一點過來，我們在體育館的門口

　　　　　等你！

五、文章閱讀（Membaca）

參觀臺北 101 大樓

　　101 大樓是臺北市最有名的大樓，目前也是全世界最高的建築物。今天我跟朋友一起去參觀 101 大樓。

　　在計程車上，我就看見了 101 大樓，因為它比旁邊的建築物還要高，外型非常特別且漂亮。到了 101 大樓的門口，我往上一看，更能感受到 101 大樓是如此高大。走進 101，我和朋友搭電梯到每一層樓去逛逛，發現裡面都是非常有名的店，像是 GUCCI 和 LV 等，每一種商品不但非常精緻，價錢還非常昂貴呢！而地下一樓有許多好吃的食物，對於愛好美食的人而

PELAJARAN

九

言，這兒就像美食天堂一般，有牛排、日式拉麵、韓式石鍋飯、中式合菜等等，另外還有很多甜點和小吃可讓你選擇。

　　吃完午餐後，我和朋友去搭全世界最快的電梯，準備到景觀台俯瞰整個臺北市，只要花三十幾秒就到了。我們一邊參觀，一邊照相，還買了許多紀念品，玩得好快樂。太陽漸漸下山了，我們也走出了 101 大樓，希望下次還有機會再來這兒。

（一）新詞（Kosa kata）

1. 外型（名）：rupa; bentuk luar
   ◎這些車子的外型都很漂亮。

2. 石鍋飯（名）：nama masakan Korea
   ◎韓國的石鍋飯很有名，你一定要試試看。

3. 合菜（名）：hidangan yang dipesan untuk dimakan beberapa orang
   ◎很多人喜歡點合菜，因為價錢比較便宜。

4. 俯瞰（動）：melihat ke bawah
   ◎我從太平山上俯瞰整個香港。

5. 景觀台（名）：tempat untuk melihat pemandangan
   ◎我站在景觀臺上看著壯麗的風景。

（二）問題與討論（Pertanyaan dan Diskusi）

1. 你如何形容 101 大樓？

2. 101 大樓裡面有哪些商店？這些商店有什麼特色？

3. 為什麼地下一樓是愛好美食者的天堂？文章中提到的食物，你最喜歡或最想吃哪一種？為什麼？

4. 他們到景觀台做了哪些事情？

5. 請與大家分享令你印象深刻的建築物，並說明它的特點！

六、課堂活動（Kegiatan Kelas）

討價還價

※學生分成兩組，一組為賣方，一組為買方。

1. 每一樣東西都有一個基本的價錢。

2. A 組先當賣方，他們先選擇要賣的東西，每個專案各選一組。賣方的同學必須介紹這些東西的優點或好處。（句子中必須出現「一方面……另一方面……」或是「不但……還……」）

3. B 組當買方，這些同學要挑剔這些東西的缺點或是壞處，不管是價錢或是顏色等等。（句子中也必須出現「一方面……另一方面……」或是「不但……還……」）當賣方說出了一個正面理由，可以把價錢加十五萬盾；買方說出一個反面理由，可以把價錢降三十萬盾。但是如果有任何一方說不出來，賣方則必須把產品價錢壓低三十萬盾；買方買這個產品的價錢則要多加十五萬盾。

4. 依此類推。

5. 換成 A 組成為買方的同學，B 組成為賣方的同學，進行相同的方式。

6. 最後，哪一組購買商品的總價錢最少，那一組就獲勝。

Tawar-Menawar

1. Setiap barang mempunyai harga dasar.
2. Kelompok A terlebih dahulu menjadi penjual, mereka memilih dulu barang yang ingin dijual, pilih satu jenis dari setiap kelompok barang. Siswa yang menjual harus menjelaskan kelebihan dan manfaat dari barang tersebut (dalam kalimat harus muncul 一方面……另一方面…… atau 不但……還……).

3. Kelompok B menjadi pembeli, siswa-siswa ini harus kritis akan kekurangan atau kerugiannya, baik harga maupun warna dan lain-lain (dalam kalimat harus muncul 一方面……另一方面…… atau 不但……還……).

4. Ketika penjual mengatakan sebuah alasan yang positif, maka harga dapat dinaikkan Rp150.000; pembeli menyebutkan sebuah alasan yang negatif, dapat menurunkan harga sebesar Rp300.000. Tetapi ketika pembeli dan penjual tidak bisa mengemukakan alasannya, maka penjual harus menurunkan harga sebesar Rp300.000, sedangkan pembeli harus menambahkan Rp150.000 dari harga jual. demikian seterusnya.

5. Kekompok A berubah menjadi pembeli, kelompok B sebagai penjual, lakukan dengan cara yang sama.

6. Akhirnya, kelompok yang membeli semua barang dengan jumlah harga terendah adalah pemenangnya.

第 十 課 順達餐廳
(Restoran Masakan Sunda)

一、閱讀（Wacana）

順達餐廳最主要的特色是大部分的裝飾品都用竹片編成。此外，在餐廳大門兩旁通常都各擺著一尊穿著順達民族服裝的塑像，而餐廳服務員也都穿著傳統服裝。

其中最特別的菜餚是一道可以生吃的青菜。通常人們都喜歡加些醬料後才食用。另外一種具有特色的菜餚是蒸魚。一般蒸魚的做法是先把已加上調味料的魚用香蕉葉包著，然後才蒸到連魚骨都可以食用。

順達餐廳一般的菜餚既有甜味又有一點點辣的滋味。這些都是順達餐廳的特色。

（一）漢語拼音（*Hanyu Pinyin*）

Dìshíkè　Shùndácāntīng

Yī　YuèDú

Shùndá cāntīng zuìzhǔyào de tèsè shì dàbùfēn de zhuāngshìpǐn dōu yòng zhúpiàn biānchéng. Cǐwài, zài cāntīng dàmén liǎngpáng tōngcháng dōu gè bǎizhe yì zūn chuānzhe shùndámínzú fúzhuāng de sùxiàng, ér cāntīng fúwùyuán yě dōu chuānzhe chuántǒng fúzhuāng.

Qízhōng zuì tèbié de càiyáo shì yí dào kěyǐ shēngchī de qīngcài. Tōngcháng rénmen dōu xǐhuān jiāxiē jiàngliào hòu cái shíyòng. Lìngwài yìzhǒng jùyǒu tèsè de càiyáo shì zhēngyú. Yìbān zhēngyú de zuòfǎ shì xiān bǎ yǐ jiāshàng tiáowèiliào de yú yòng xiāngjiāoyè bāozhe, ránhòu cái zhēngdào lián yúgǔ dōu kěyǐ shíyòng.

Shùndá cāntīng yìbān de càiyáo jìyǒu tiánwèi yòu yǒu yìdiǎndiǎn là de zīwèi. Zhèxiē dōushì Shùndá cāntīng de tèsè.

（二）翻譯（Terjemahan）

Pelajaran X. Restoran Masakan Sunda

Ciri khas utama restoran masakan Sunda adalah sebagian besar barang hiasan dianyam dari lembaran bambu. Selain itu, di kedua sisi pintu utama biasanya masing-masing terpajang sebuah patung yang mengenakan pakaian suku Sunda, dan pelayan restoran juga semuanya mengenakan pakaian tradisional.

Salah satu masakan yang paling unik adalah sayur hijau yang bisa dimakan mentah. Biasanya orang suka setelah menambahkan bumbu baru disantap. Jenis masakan lain yang mempunyai keunikan adalah ikan kukus. Cara pembuatan ikan kukus secara umum adalah terlebih dahulu membungkus ikan yang telah dibubuhi bumbu dengan daun pisang, kemudian baru dikukus hingga tulang ikan pun dapat dimakan.

Masakan restoran Sunda pada umumnya selain memiliki rasa manis juga mempunyai rasa sedikit pedas. Semua ini merupakan keunikan restoran masakan Sunda.

（三）問答題（Pertanyaan）

1. 順達餐廳有什麼主要風格？

2. 那兒有什麼特別的菜肴？

3. 蒸魚怎麼做？

4. 順達餐廳的菜餚有些什麼滋味？

5. 你喜歡吃哪種魚？為什麼？

（四）新字與新詞（Kosakata）

1. 特色（名）：tèsè　ciri khas; sifat khusus

◎啤酒節是德國最有特色的一個節慶活動。

Pesta Bir merupakan kegiatan perayaan di Jerman yang paling berciri khas.

2. 裝飾品（名）：zhuāngshìpǐn　hiasan; pajangan

◎有些紀念品以中國書法做為裝飾品，特別受到觀光客的喜愛。

Terdapat sejumlah cendera mata yang menggunakan kaligrafi China sebagai hiasan, sangat disukai, terutama wisatawan.

裝飾（動）：zhuāngshì　menghias; memajang

◎農曆新年的時候，我們會把家裡裝飾得很漂亮。

Pada saat Tahun Baru Imlek, kami akan menghiasi rumah hingga cantik sekali.

3. 竹（名）：zhú　bambu

◎我家的空地旁有一大片竹林，我和弟弟都喜歡在放學後到那兒去玩。

Di samping tanah kosong rumah saya terdapat sebidang hutan bambu yang luas, setelah pulang sekolah saya dan Adik suka bermain ke sana.

4. 編（動）：biān　menganyam; merajut; mengarang; mengada-ngada

◎老師教全班學生編竹籃的方法，大家都學得又快又好。

Guru mengajari siswa-siswa sekelas cara menganyam keranjang bambu, semuanya belajar dengan cepat dan baik.

5. 旁（方位）：páng　samping; pinggir; tepi

◎從街旁的小販那兒，你可以買到多種口味的冰淇淋。

Dari penjaja keliling di tepi jalan, kamu bisa membeli es krim dengan berbagai rasa.

6. 擺（動）：bǎi　memajang; meletakkan

◎爸爸送我一個魚缸，並且把魚缸擺在我的書桌旁。

Ayah memberikan saya sebuah akuarium dan meletakkan akuarium di samping meja belajar saya.

7. 尊（量）：zūn　kata bantu bilangan untuk patung

◎我家的冰箱上擺著一尊雕像。

Di atas kulkas rumah saya terpajang sebuah patung.

8. 服裝（名）：fúzhuāng　pakaian; busana; sandang

◎在舞會裡，大家可以看到不同的服裝，聽到不同風格的音樂。

Di dalam pesta dansa, semua orang bisa melihat busana yang berbeda-beda, mendengar jenis musik yang berlainan.

9. 塑像（名）：sùxiàng　patung

◎學校的禮堂中，擺著一尊偉人的塑像。

Di tengah aula sekolah terpajang sebuah patung orang agung.

10. 傳統（形）：chuántǒng　tradisi; tradisional

◎各國的傳統服裝有著不同的特色和意義。

Pakaian tradisional setiap negara mengandung makna dan ciri khas yang berbeda-beda.

11. 菜餚（名）：càiyáo　　lauk-pauk; masakan

◎蕃茄炒蛋是我最愛吃的一道菜餚。

Tomat tumis telur adalah masakan yang paling saya sukai.

12. 醬料（名）：jiàngliào　　saos; selai; sebangsa bumbu

◎這道菜餚之所以有名是因為醬料又香又好吃。

Masakan ini terkenal disebabkan oleh saosnya yang selain harum juga enak.

13. 具有（動）：jùyǒu　　mempunyai; memiliki

◎順達餐廳具有順達民族的特色。

Restoran masakan Sunda memiliki ciri khas suku Sunda.

14. 蒸（動）：zhēng　　mengukus

◎用電鍋蒸包子既省時又方便。

Menggunakan penanak nasi listrik mengukus bakpao, selain menghemat waktu juga mudah.

15. 一般（形）：yìbān　　umumnya; biasanya

◎他一早就出去了，一般要到天黑才回家。

Dia sudah keluar sejak pagi, biasanya harus sampai malam baru pulang ke rumah.

16. 調味料（名）：tiáowèiliào　　bumbu; penyedap masakan

◎先把肉片加上調味料，然後用火烤熟就可以吃了。

Sebelumnya potongan daging dibubuhi bumbu, kemudian pakai api memanggangnya hingga matang, daging sudah bisa dimakan.

17. 骨（名）：gǔ　　tulang

◎這鍋湯是用魚骨熬成的。

Sop satu panci ini digodok dengan menggunakan tulang ikan.

> 骨：骨頭（名）

◎羊或雞的骨頭裡面，都有很豐富的營養。

18. 甜（形）：tián　manis

◎端午節快到了，我不但要吃甜的粽子，還要吃鹹的粽子。
> Hari Raya Pecun akan segera tiba, saya tidak hanya ingin makan bacang manis, juga mau makan bacang asin.

> 甜：甜點（名）

◎南非的甜點很多是用水果做的。

19. 辣（形）：là　pedas

◎泰國菜既酸又辣，並不是每一個人都喜歡吃。
> Masakan Thailand selain asam juga pedas, tidak setiap orang suka makan.

20. 滋味（名）：zīwèi　rasa (manis, asin dll)

◎草莓吃起來有酸甜的滋味。
> Arbei ketika dimakan memiliki perasaan asam manis.

二、會話（Percakapan）

服務生：各位晚安，歡迎你們的光臨！

顧客甲：晚安！請問今晚有什麼特別的菜？

服務生：今晚有本餐廳的招牌菜——蒸魚。

顧客乙：這次是我們第一次到順達餐廳用餐，所以對這兒的食物一點都不了解。你能不能說明蒸魚的特點？

服務生：蒸魚的做法是先把已加上調味料的魚用香蕉葉包著，然後才蒸到連魚骨都可以食用，我想你們真的應該品嘗這道菜。

顧客甲：好吧，就上這道菜。此外，我們還要一盤炒菜、一碗菜湯、兩碗白飯、一杯可口可樂和一杯百事可樂，謝謝！

服務生：好的！請稍等一下！

顧客乙：（吃完飯後）夥計！請結帳！

服務生：一共是六萬八百五十盾。你們對本餐廳的菜餚還滿意嗎？

顧客甲：很滿意，特別是那道美味可口的蒸魚。

服務生：謝謝你們的光臨，再見！

（一）漢語拼音（*Hanyu Pinyin*）

Èr　HuìHuà

Fúwùshēng : Gè wèi wǎn'ān, huānyíng nǐmen de guānglín!

Gùkè jiǎ : Wǎn'ān! Qǐngwèn jīnwǎn yǒu shénme tèbié de cài?

Fúwùshēng : Jīnwǎn yǒu běncāntīng de zhāopáicài -- zhēngyú.

Gùkè yǐ : Zhè cì shì wǒmen dìyícì dào shùndá cāntīng yòngcān, suǒyǐ duì zhèr de shíwù yìdiǎn dōu bù liǎojiě. Nǐ néng bùnéng shuōmíng zhēngyú de tèdiǎn?

Fúwùshēng : Zhēngyú de zuòfǎ shì xiān bǎ yǐ jiāshàng tiáowèiliào de yú yòng xiāngjiāoyè bāozhe, ránhòu cái zhēngdào lián yúgǔ dōu kěyǐ shíyòng, wǒ xiǎng nǐmen zhēnde yīnggāi pǐncháng zhè dào cài.

Gùkè jiǎ : Hǎo ba, jiù shàng zhè dào cài. Cǐwài, wǒmen háiyào yì pán chǎocài, yì wǎn càitāng, liǎng wǎn báifàn, yì bēi kěkǒukělè hé yì bēi bǎishìkělè, xièxie!

Fúwùshēng : Hǎo de! Qǐng shāoděng yíxià!

Gùkè yǐ : (Chīwánfàn hòu) Huǒjì! Qǐng jiézhàng!

Fúwùshēng : Yígòng shì liùwàn bābǎi wǔshí dùn. Nǐmen duì běncāntīngde càiyáo hái mǎnyì ma?

Gùkè jiǎ : Hěn mǎnyì, tèbiéshì nà dào měiwèi kěkǒu de zhēngyú.

Fúwùshēng : Xièxie nǐmen de guānglín, zàijiàn!

（二）翻譯（Terjemahan）

Pelayan : "Selamat malam, kami menyambut kedatangannya kalian."

Konsumen A : "Selamat malam! Boleh tahu enggak hari ini ada masakan istimewa apa?"

Pelayan : "Malam ini ada hidangan ciri khas restoran kami -- ikan kukus(pepes)."

Konsumen B : "Ini adalah pertama kali kami makan di restoran masakan Sunda, makanya sama sekali tidak mengerti makanan di sini. Boleh enggak kamu menjelaskan keistimewaan ikan pepes?"

Pelayan : "Cara membuat ikan pepes adalah menggunakan daun pisang untuk membungkus ikan yang telah dibubuhi bumbu, baru kemudian dikukus hingga tulang ikan pun dapat dimakan, saya pikir kalian benar-benar harus mencicipi masakan ini."

Konsumen : "Baiklah, kalau begitu sajikan hidangan ini. Selain itu, kami juga ingin sepiring sayur tumis, semangkok sop sayur, dua mangkok nasi putih, segelas *Coca-Cola* dan segelas *Pepsi-Cola*, terima kasih!"

Pelayan : "Baik! Mohon tunggu sebentar!"

Konsumen B : (setelah makan) "Pelayan! Tolong bonnya!"

Pelayan : "Seluruhnya Rp 60.850. Apakah kalian merasa puas akan masakan restoran kami?"

Konsumen A : "Sangat puas, khususnya ikan pepes yang amat lezat itu."

Pelayan : "Terima kasih atas kedatangannya, sampai jumpa!"

（三）新字與新詞（Kosakata）

1. 服務生（名）：fúwùshēng　　pelayan; penjaga

　◎哥哥現在是一家西餐廳的服務生。

　　Abang sekarang adalah pelayan di sebuah restoran masakan Barat.

　服務（動）：fúwù　　melayani; mengabdi

　◎長大以後，我想要做一份可以服務社會的工作。

　　Setelah dewasa, saya ingin melakukan pekerjaan yang bisa melayani masyarakat.

2. 顧客（名）：gùkè　　pembeli; konsumen

　◎只有來自內心的微笑，才能給顧客溫暖的感受。

　　Hanya senyum yang berasal dari lubuk hati, baru dapat memberikan perasaan hangat kepada konsumen.

3. 歡迎（動）：huānyíng　menyambut

　◎學校將於下星期日舉行園遊會，歡迎各位家長參加。

　　Minggu depan sekolah akan mengadakan rekreasi di taman, sekolah menyambut keiikutsertaan orang tua murid.

4. 光臨（名）：guānglín　kedatangan; kehadiran

　◎一般人會拍手歡迎外國明星的光臨，以表示最高的禮貌。

　　Pada umumnya orang akan bertepuk tangan menyambut kehadiran bintang film luar negeri, untuk menunjukkan tata krama yang paling tinggi.

5. 招牌菜（名）：zhāopáicài　masakan yang menjadi simbol atau ciri khas

　◎烤牛肉和布丁是這家店的招牌菜。

　　Daging sapi panggang dan puding adalah masakan ciri khas toko ini.

　　招牌（名）：zhāopái　papan nama; papan merek; merek

　◎這家商店的招牌很特別。

　　Papan nama toko ini sangat istimewa.

6. 香蕉（名）：xiāngjiāo　pisang

　◎香蕉可以做出許多種既營養又好吃的菜餚。

　　Dari pisang dapat dibuat berbagai jenis masakan yang selain bergizi juga enak.

7. 品嘗（動）：pǐncháng　mencicipi; merasai

　◎喝茶要慢慢地品嘗，才能有美妙的感受。

　　Minum teh harus dicicipi pelan-pelan, baru dapat memperoleh perasaan yang baik sekali.

8. 一盤（數量）：yìpán　satu piring

　◎今天中午，我吃了一盤青菜和一份炒麵。

　　Siang hari ini, saya telah makan sepiring sayur hijau dan seporsi mi goreng.

盤（量）：

◎哥哥把桌上的三盤菜餚全吃光了。

9. 兩碗（數量）：liǎngwǎn　dua mangkok

◎雖然弟弟已經吃了兩碗飯，但是他還沒吃飽。

Meskipun Adik sudah makan dua mangkok nasi, tetapi dia masih belum kenyang.

碗（量）：

◎我一餐吃一碗飯就夠了。

10. 可口可樂（名）：kěkǒukělè　*Coca-Cola*

◎弟弟愛喝可口可樂，我卻愛喝果汁。

Adik gemar minum *Coca-Cola*, tetapi saya gemar minum sari buah.

11. 百事可樂（名）：bǎishìkělè　*Pepsi-Cola*

◎哥哥覺得百事可樂比可口可樂好喝。

Abang merasa lebih enak minum *Pepsi-Cola* daripada *Coca-Cola*.

12. 稍（副）：shāo　agak; sedikit

◎您點的菜餚馬上就來，請稍等一下。

Masakan yang Anda pesan akan segera datang, mohon tunggu sebentar.

13. 夥計（名）：huǒjì　pelayan; pegawai

◎這家餐廳的老闆和夥計都是韓國人。

Pemilik dan pelayan rumah makan ini semuanya orang Korea.

14. 結帳（動）：jiézhàng　menyelesaian bon, rekening; tutup buku

◎以前是用現金結帳，現在則是用信用卡結帳。

Dulu membayar dengan uang tunai, sekarang malah membayar dengan kartu kredit.

15. 滿意（形）：mǎnyì　　puas; senang

　　◎這家餐廳的服務讓我非常滿意。

　　　　Pelayanan restoran ini membuat saya sangat puas.

16. 美味（形）：měiwèi　　makanan lezat; makanan sedap

　　◎媽媽煮的菜餚美味極了。

　　　　Masakan Mama sangat lezat.

17. 可口（形）：kěkǒu　　sedap; enak dimakan; lezat

　　◎今天的飯後甜點是一塊可口的巧克力蛋糕。

　　　　Kudapan manis hari ini adalah sepotong kue bolu coklat yang sedap.

三、語法（Tata Bahasa）

（一）此外（Selain Ini）

"此外" menunjukkan hal atau keadaan di luar yang telah disebutkan sebelumnya.

Keadaan Sekarang	此外，	Keadaan Tambahan
她家有三層樓。		還有一個大花園。

1.　阿姨在書店買了五本書。此外，還買了三本雜誌。

2.　我在家裡幫媽媽做飯和掃地。此外，還教弟弟做功課。

3.　弟弟會說印尼話、英語。此外，他也會說華語和德語。

4.　明年假期姐姐要去上海做事。此外，還要去看她多年不見

　　的朋友。

5. 這次的活動不但有許多點心。此外，所有參加的人還可以得到精美的禮物。

(二) 通常（Biasanya）

"通常"berarti umumnya; hanya digunakan pada tindakan yang teratur.

1. 秋天通常給人舒服的感覺。

2. 娜美通常五點起床，九點睡覺。

3. 日本的櫻花通常在二月份盛開。

4. 爸爸通常看完報紙後，才去上班。

5. 吃西餐時，通常是先喝湯，再吃主菜。

(三) ……先……然後才……（...Dulu, Kemudian Baru...）

Pola kalimat "……先……然後才……"menunjukkan urutan terjadinya dua peristiwa.

Subjek	先	Melakukan Tindakan I	，然後才	Melakukan Tindakan II
媽媽		洗衣		做飯。

1. 爸爸先喝湯，然後才吃飯。

2. 他先去刷牙，然後才去睡覺。

3. 我們先到他家，然後才到你家。

4. 我們先看到閃電，然後才聽見雷聲。

（四）既……又……（Selain...juga...）

Pola kalimat "既……又……" menyatakan bahwa subjek pada waktu yang sama mempunyai dua keadaan yang setara.

Subjek	既	Keadaan I	又	Keadaan II
這裡的菜		便宜		好吃。

1. 這些青菜既新鮮又便宜。

2. 他既會彈鋼琴又會打鼓，真厲害。

3. 他既用功又有禮貌，真是個好孩子。

4. 這個小妹妹既可愛又活潑，受到很多人的喜愛。

（五）應該（Seharusnya）

"應該" mengandung makna sudah semestinya; secara logika harus demikian.

1. 我們平時應該多運動。

2. 吃飯前應該先洗手，這樣才衛生。

3. 父母平時應該多關心自己的子女。

4. 我們應該學習從另一個角度來看事情。

5. 在圖書館裡應該保持安靜，不可以吵鬧。

四、語法練習（Latihan Tata Bahasa）

（一）依照提示完成對話

Selesaikan percakapan berikut seperti pada contoh!

例：
　　王太太：這家水果店的水果很受歡迎。
　　林太太：<u>對啊！這家店的水果既便宜又好吃</u>。
　　　　　　　　　　　　　　　　（便宜／好吃）

1. 美麗：小華在我們班很受大家喜愛。

　　小英：我聽說過，他既＿＿＿＿＿＿又＿＿＿＿＿＿。

　　　　　　　　　　　　　　　　（用功／禮貌）

2. 阿里：今天晚餐吃什麼？

　　妹妹：到小吃攤去買東西吃，＿＿＿＿＿＿＿＿＿＿。

　　　　　　　　　　　　　　　　（快速／方便）

3. 麗麗：你想搭車上學還是走路去上學。

　　美美：我想搭車去上學，因為＿＿＿＿＿＿＿＿＿＿。

　　　　　　　　　　　　　　　　（省時／方便）

4. 娜美：從現在開始，我要天天運動三十分鐘。

　　麗雅：為什麼？

　　娜美：因為運動才能讓我＿＿＿＿＿＿＿＿＿＿＿＿。

(二)請用「既……又……」完成句子

Gunakan "既……又……"untuk menyelesaikan kalimat-kalimat berikut!

例：這杯紅茶很香甜／也很好喝→這杯紅茶既香甜又好喝。

1. 腳踏車很方便／而且省時

→_____。

2. 小吃攤吃飯挺方便／又很便宜

→_____。

3. 媽媽煮的菜很美味／也比較衛生

→_____。

4. 他的房間很髒／而且很亂

→_____。

5. 請用「既……又……」形容你的同學（至少五人）。

→_____。

→_____。

→_____。

→_____。

→_____。

（三）看圖完成句子（Lihat Gambar dan Menyelesaikan Kalimat）

例：

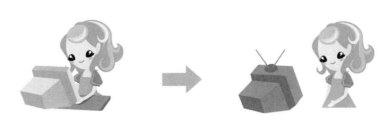

→麗娜先把工作做完，然後才回家休息、看電視。

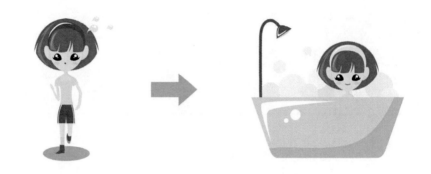

1. 美美先＿＿＿＿＿＿，然後才＿＿＿＿＿＿＿。

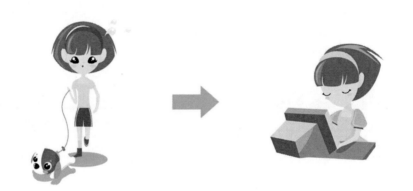

2. 她先＿＿＿＿＿＿，然後才＿＿＿＿＿＿＿。

3. 娜美先＿＿＿＿＿＿，然後才＿＿＿＿＿＿＿。

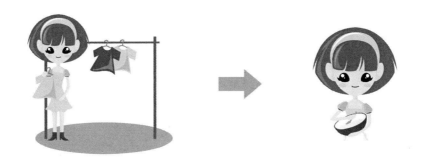

4. 雅妮先_____，然後才_____。

5. 媽媽先_____，然後才_____。

（四）填空（將框裡的句子填進空格裡）

Isilah kalimat berikut dengan menggunakan kata-kata di dalam kotak!

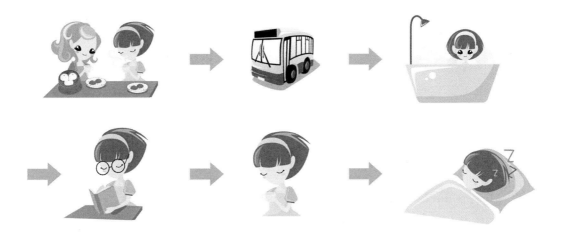

| 去餐廳和朋友吃飯 | 洗澡 | 喝果汁 | 搭公車回家 |
| 回房睡覺 | 看電影 | 搭火車去上班 | 回房間看書 |

下了班，美美覺得肚子有點餓了，所以她想先<u>去餐廳和朋友吃飯</u>，然後才＿＿＿＿＿＿＿＿＿＿。但是到了餐廳，她發現她的錢不夠，所以她只好搭車回家了，一回到家，她想先＿＿＿＿＿＿＿＿，然後才＿＿＿＿＿＿＿＿。洗完澡後，她回房間看她喜歡看的書，到了晚上十點，她覺得有點口渴了，她先＿＿＿＿＿＿＿＿＿＿＿＿＿，然後才＿＿＿＿＿＿＿＿。

五、文章閱讀（Membaca）

給老公的字條

張先生開完會後，看到桌上有張紙條，上面寫著：

親愛的老公：

我聽朋友說公司附近新開了一家中式餐廳，裡面的裝飾品非常有特色，全部都是用竹編成的，而且門口還擺了一尊穿著旗袍的雕像呢！

它的招牌菜很受顧客歡迎，像是麻婆豆腐、糖醋排骨等等，這些菜餚酸酸甜甜的，再加上一點辣的滋味，很多人都喜歡吃，還有一些具有中式特色的醬料和調味料，那些不同於印度尼西亞醬料的味道，很受大家喜愛。

那兒的服務也很不錯，每個服務生都非常友善，所以下班之後，我們一起去品嘗，包你滿意，下次還會去吃。

p.s 下班記得來接我喔！

愛你的老婆

問題與討論（Pertanyaan dan Diskusi）

1. 那家中式餐廳的裝飾有什麼特色？

2. 餐廳有哪些招牌菜？它們的味道如何？

3. 餐廳的服務好不好，為什麼？

4. 那家餐廳的菜餚好吃嗎？從哪兒看得出來？

六、課堂活動（Kegiatan Kelas）

廚藝大競技

1. 教師事先將各種材料準備好。

2. 教師將準備好的食譜發給學生看，並且提醒學生一些注意事項。

3. 教師將全班分成若干組競賽廚藝，並請學生一邊做菜一邊介紹菜色的做法，必須使用「先……然後才……」此語法點。（教師此時必須注意學生的安全。）

4. 最後教師請學生說一說各自成品的特色，並且必須使用到「既……又……」此語法點。

Perlombaan Memasak

1. Sebelumnya guru menyiapkan berbagai jenis bahan.

2. Guru membagikan resep masakan yang telah disiapkan kepada siswa dan mengingatkan hal-hal yang perlu diperhatikan.

3. Guru membagi seluruh siswa menjadi beberapa kelompok dalam perlombaan memasak, dan meminta siswa sambil memasak menjelaskan caranya. Mereka harus menggunakan pola kalimat"先……然後才……" (pada saat ini guru harus memperhatikan keselamatan siswa).

4. Akhirnya, guru mempersilahkan siswa mengemukakan ciri khas masakan mereka, dan harus menggunakan pola kalimat "既……又……".

語 法 詞 類 略 語 表
yǔ　fǎ　cí　lèi　lüè　yǔ　biǎo

Tabel Ringkas Jenis Kata dalam Tata Bahasa

詞類	中文拼音	印尼文翻譯
動詞	dòngcí	kata kerja; verba
名詞	míngcí	kata benda; nomina
形容詞	xíngróngcí	kata sifat; adjektiva
副詞	fùcí	kata keterangan; adverbia
介詞	jiècí	kata depan; preposisi
連詞	liáncí	kata hubung; konjungsi
代詞	dàicí	kata ganti; pronomina
代名詞	dàimíngcí	kata ganti orang; pronomina persona
助詞	zhùcí	kata bantu
(數)量詞	shùliàngcí	kata bantu bilangan; kata penggolong
數詞	shùcí	kata bilangan; numeralia
方位詞	fāngwèicí	kata benda letak
指定詞	zhǐdìngcí	kata ganti tunjuk; pronomina demonstratif

生 詞 索 引

shēng cí suǒ yǐn

Indeks Kosakata

繁體字	簡體字	詞類	中文拼音	翻譯	課文
A					
愛好	爱好	（動）	àihào	gemar akan; suka akan	【05】
昂	昂	（動）	áng	mengangkat (kepala); menjulang; membubung	【03】
昂貴	昂贵	（形）	ángguì	mahal; tinggi harganya	【03】
B					
巴士	巴士	（名）	bāshì	bis	【06】
擺	摆	（動）	bǎi	memajang; meletakkan	【10】
百事可樂	百事可乐	（名）	bǎishìkělè	*Pepsi-Cola*	【10】
傍晚	傍晚	（名）	bàngwǎn	senja kala; waktu matahari akan terbenam	【02】
包水餃	包水饺	（動）	bāoshuǐjiǎo	membuat pastel rebus (pangsit)	【03】
包子	包子	（名）	bāozi	bakpao (sejenis roti kukus berisi daging atau bahan-bahan yang manis)	【03】
保存	保存	（動）	bǎocún	menyimpan; memelihara; mempertahankan	【09】
保護	保护	（動）	bǎohù	menjaga; melindungi	【09】
保證	保证	（動）	bǎozhèng	menjamin	【02】
編	编	（動）	biān	menganyam; merajut; mengarang; mengada-ngada.	【10】
標準	标准	（名）	biāozhǔn	baku; standar; patokan; kriteria	【07】
表達	表达	（動）	biǎodá	menyatakan; menyampaikan; menyuarakan	【07】
表情	表情	（名）	biǎoqíng	ekspresi	【07】

表示	表示	（動）	biǎoshì	menunjukkan; menyatakan	【01】
表演	表演	（名）	biǎoyǎn	pertunjukan	【07】
並	并	（副）	bìng	dipakai di depan kata pengingkaran untuk penegasan	【03】
不夠	不够	（副）	búgòu	tidak cukup	【02】
不見不散	不见不散	（成語）	bújiànbúsàn	harus datang; tidak bertemu tidak akan bubar.	【04】
部分	部分	（名）	bùfèn	bagian; seksi	【05】
步行	步行	（動）	bùxíng	berjalan kaki	【09】
			C		
菜餚	菜肴	（名）	càiyáo	lauk-pauk; masakan	【10】
參加	参加	（動）	cānjiā	ikut serta; ambil bagian; menghadiri	【04】
參考	参考	（動）	cānkǎo	merujuk; membaca sebagai referensi	【04】
草地	草地	（名）	cǎodì	lapangan rumput; halaman berumput	【02】
草席	草席	（名）	cǎoxí	tikar rumput	【02】
草原	草原	（名）	cǎoyuán	padang rumput	【02】
產品	产品	（名）	chǎnpǐn	produk; barang hasil	【09】
產生	产生	（動）	chǎnshēng	timbul; muncul; menghasilkan; menimbulkan	【09】
長途	长途	（形）	chángtú	jarak jauh	【06】
吵醒	吵醒	（動）	chǎoxǐng	berisik hingga membangunkan	【04】
稱	称	（動）	chēng	menyebut; memanggil	【09】
稱呼	称呼	（名）	chēnghū	sebutan; panggilan	【09】
城堡	城堡	（名）	chéngbǎo	puri; kastil; benteng	【02】
成功	成功	（形）	chénggōng	berhasil; mencapai sukses	【04】
乘客	乘客	（名）	chéngkè	penumpang	【02】
成(年)人	成(年)人	（名）	chéng(nián)rén	orang dewasa	【04】
城市	城市	（名）	chéngshì	kota	【02】
城外	城外	（名）	chéngwài	luar kota	【02】
乘坐	乘坐	（動）	chéngzuò	naik; menumpang	【02】
遲	迟	（形）	chí	lambat; terlambat	【06】
遲交	迟交	（動）	chíjiāo	telat menyerahkan	【06】
衝	冲	（動）	chōng	menerjang; menyerbu	【05】

充分	充分	（副）	chōngfèn	sepenuhnya; cukup	【07】
衝浪	冲浪	（動）	chōnglàng	bermain papan selancar; berselancar	【05】
衝浪板	冲浪板	（名）	chōnglàngbǎn	papan selancar	【05】
傳統	传统	（形）	chuántǒng	tradisi; tradisional	【10】
刺激	刺激	（形）	cìjī	tegang; menegangkan	【04】
刺眼	刺眼	（形）	cìyǎn	menyilaukan mata	【08】
錯過	错过	（動）	cuòguò	menyia-nyiakan; melepaskan	【08】
錯字	错字	（名）	cuòzì	huruf salah; salah cetak atau tulis	【08】

D

大好	大好	（形）	dàhǎo	baik sekali; sangat menguntungkan	【08】
大考	大考	（名）	dàkǎo	ujian akhir	【04】
大排長龍	大排长龙	（成語）	dàpáichánglóng	barisan antrian yang panjang	【04】
帶走	带走	（動）	dàizǒu	membawa pergi	【05】
當	当	（介）	dāng	tepat pada waktu atau saat	【06】
當	当	（動）	dāng	bekerja sebagai; menjadi	【06】
當然	当然	（副）	dāngrán	sudah barang tentu; sebagaimana mestinya; sewajarnya	【07】
島	岛	（名）	dǎo	pulau	【05】
導師	导师	（名）	dǎoshī	guru pembimbing	【05】
導演	导演	（名）	dǎoyǎn	sutradara	【05】
導遊	导游	（名）	dǎoyóu	pemandu wisata	【05】
倒	倒	（副）	dào	menyatakan sebaliknya daripada yang diduga, bukan begitu kea-daannya; terbalik; keba likan	【09】
登巴剎	登巴剎	（名）	dēngbāshā	Denpasar	【05】
燈光	灯光	（名）	dēngguāng	cahaya lampu; terang lampu	【08】
的確	的确	（副）	díquè	memang; benar; sungguh	【08】
地面	地面	（名）	dìmiàn	lantai; permukaan bumi; tanah	【07】
點	点	（量）	diǎn	sedikit; satuan jam untuk waktu	【01】
點	点	（動）	diǎn	memesan; memilih	【03】
點心	点心	（名）	diǎnxīn	kue-kue; kudapan; penganan	【03】
店	店	（名）	diàn	toko; kedai	【05】
雕刻	雕刻	（動）	diāokè	mengukir; memahat	【05】
雕刻品	雕刻品	（名）	diāokèpǐn	ukiran	【05】

雕像	雕像	（名）	diāoxiàng	patung; arca	【05】
東南亞	东南亚	（名）	dōngnányà	Asia Tenggara	【04】
動人	动人	（形）	dòngrén	menggugah hati; menawan hati; mengharukan	【08】
豆沙	豆沙	（名）	dòushā	kacang merah yang direbus, dilumatkan dan diberi gula	【03】
獨有	独有	（形）	dúyǒu	hanya dimilikinya sendiri	【08】

F

發行	发行	（動）	fāxíng	mengedarkan; menerbitkan; mengeluarkan	【09】
放假	放假	（動）	fàngjià	berlibur; melewatkan hari libur	【02】
放鬆	放松	（動）	fàngsōng	menenangkan; melonggarkan; mengendurkan	【04】
非賣品	非卖品	（名）	fēimàipǐn	barang yang tidak diperjualbelikan	【09】
分鐘	分钟	（名）	fēnzhōng	menit	【05】
風平浪靜	风平浪静	（成語）	fēngpínglàngjìng	angin reda dan laut pun tenang	【08】
鳳凰	凤凰	（名）	fènghuáng	burung hong	【03】
鳳爪	凤爪	（名）	fèngzhuǎ	cakar ayam; cakar burung hong	【03】
服務	服务	（動）	fúwù	melayani; mengabdi	【10】
服務生	服务生	（名）	fúwùshēng	pelayan; penjaga	【10】
服裝	服装	（名）	fúzhuāng	pakaian; busana; sandang	【10】
府	府	（名）	fǔ	rumah; tempat kediaman resmi	【05】

G

感	感	（名）	gǎn	perasaan	【02】
高大	高大	（形）	gāodà	tinggi dan besar	【01】
高興	高兴	（形）	gāoxìng	gembira; senang; riang; girang	【01】
隔	隔	（介）	gé	selang; jarak	【06】
隔離	隔离	（動）	gélí	mengisolasi; memisahkan; memencilkan	【06】
各	各	（指定）	gè	tiap; berbagai; segala; masing-masing	【07】
各位	各位	（名）	gèwèi	semua orang; para (siswa, hadirin, dsb)	【07】
公共	公共	（形）	gōnggòng	publik; umum	【07】

公平	公平	（形）	gōngpíng	adil; pantas; layak	【07】
公頃	公顷	（名）	gōngqǐng	hektar	【07】
夠	够	（副）	gòu	cukup; memadai; sangat; sungguh	【02】
構成	构成	（動）	gòuchéng	membentuk; menyusun	【08】
骨	骨	（名）	gǔ	tulang	【10】
鼓	鼓	（名）	gǔ	tambur; gendang; genderang	【08】
古達	古达	（名）	gǔdá	Kuta	【05】
古老	古老	（形）	gǔlǎo	kuno; purba	【09】
鼓手	鼓手	（名）	gǔshǒu	juru gendang; pemukul genderang	【08】
骨頭	骨头	（名）	gǔtóu	tulang	【10】
顧客	顾客	（名）	gùkè	pembeli; konsumen	【10】
關	关	（動）	guān	mengunci; mengurung; menyekap	【07】
觀光	观光	（動）	guān'guāng	melancong; bertamasya; meninjau	【05】
觀看	观看	（動）	guānkàn	melihat; menonton	【05】
光臨	光临	（名）	guānglín	kedatangan; kehadiran	【10】
光芒	光芒	（名）	guāngmáng	sinar; cahaya	【08】
光線	光线	（名）	guāngxiàn	sinar; cahaya	【05】
廣播	广播	（名）	guǎngbō	siaran radio	【05】
廣告	广告	（名）	guǎnggào	iklan; pariwara	【05】
鬼	鬼	（名）	guǐ	hantu; setan; momok	【04】
國花	国花	（名）	guóhuā	bunga kebangsaan; bunga negara	【01】
國際	国际	（名）	guójì	internasional	【01】
國外	国外	（名）	guówài	luar negeri; mancanegara	【01】
H					
海盜船	海盗船	（名）	hǎidàochuán	kapal pembajak laut	【04】
海浪	海浪	（名）	hǎilàng	ombak	【05】
海灘	海滩	（名）	hǎitān	pantai	【05】
好久	好久	（副）	hǎojiǔ	sangat lama	【04】
合	合	（形）	hé	cocok; sesuai	【04】
何時	何时	（名）	héshí	kapan	【06】
歡迎	欢迎	（動）	huānyíng	menyambut	【10】
環境	环境	（名）	huánjìng	lingkungan	【07】

緩緩	缓缓	（副）	huǎnhuǎn	perlahan-lahan	【08】
幻想	幻想	（動）	huànxiǎng	berkhayal; berfantasi	【04】
喚醒	唤醒	（動）	huànxǐng	membangunkan; membangkitkan; menyadarkan	【08】
皇宮	皇宫	（名）	huánggōng	keraton; istana	【02】
揮手	挥手	（動）	huīshǒu	melambaikan tangan	【01】
回憶	回忆	（名）	huíyì	kenangan	【02】
夥計	伙计	（名）	huǒjì	pelayan; pegawai	【10】
J					
機會	机会	（名）	jīhuì	kesempatan; peluang	【08】
雞肉	鸡肉	（名）	jīròu	daging ayam	【03】
極	极	（副）	jí	luar biasa; bukan main	【08】
急	急	（形）	jí	mendesak; tak sabar; ingin sekali	【06】
集合	集合	（動）	jíhé	berkumpul; berhimpun	【07】
集郵	集邮	（動）	jíyóu	filateli; koleksi perangko	【09】
擠滿	挤满	（動）	jǐmǎn	berdesakan	【04】
季節	季节	（名）	jìjié	musim	【06】
紀念品	纪念品	（名）	jì'niànpǐn	tanda mata; cendera mata	【02】
際灑茹阿	际洒茹阿	（名）	jìsǎrúā	Cisarua	【07】
夾	夹	（動）	jiā	menjepit; mengapit; mengambil dengan menjepit	【03】
家鄉	家乡	（名）	jiāxiāng	kampung halaman; desa atau kota kelahiran	【06】
價格	价格	（名）	jiàgé	harga	【09】
假期	假期	（名）	jiàqī	masa liburan	【02】
價錢	价钱	（名）	jiàqián	harga	【06】
價值	价值	（名）	jiàzhí	nilai; harga	【09】
見面	见面	（動）	jiànmiàn	bertemu; berjumpa	【01】
見面禮	见面礼	（名）	jiànmiànlǐ	tanda mata; kado untuk perjumpaan	【01】
醬料	酱料	（名）	jiàngliào	saos; selai; sebangsa bumbu	【10】
降落	降落	（動）	jiàngluò	mendarat	【01】
街	街	（名）	jiē	jalan; daerah kota yang banyak tokonya; daerah pertokoan	【02】
街燈	街灯	（名）	jiēdēng	lampu penerang jalan	【02】

接朋友	接朋友	（動）	jiēpéngyǒu	menjemput teman	【01】
接球	接球	（名）	jiēqiú	menangkap bola; menyambut bola	【01】
接著	接着	（連）	jiēzhe	kemudian; berikutnya	【01】
結帳	结帐	（動）	jiézhàng	menyelesaian bon, rekening; menutup buku	【10】
介紹	介绍	（動）	jièshào	memperkenalkan; menganjurkan	【01】
精彩	精彩	（形）	jīngcǎi	menarik; luar biasa	【02】
精美	精美	（形）	jīngměi	indah sekali; bagus sekali	【02】
驚險	惊险	（形）	jīngxiǎn	mendebarkan hati; berbahaya dan menegangkan hati	【04】
精緻	精致	（形）	jīngzhì	halus; indah sekali	【02】
景色	景色	（名）	jǐngsè	pemandangan	【06】
景象	景象	（名）	jǐngxiàng	pemandangan; gejala	【06】
久	久	（形）	jiǔ	lama; dalam waktu lama	【04】
居民	居民	（名）	jūmín	penduduk; penghuni	【06】
居住	居住	（動）	jūzhù	menghuni; mendiami; tinggal	【06】
具有	具有	（動）	jùyǒu	mempunyai; memiliki	【10】
			K		
開始	开始	（動）	kāishǐ	mulai	【09】
開齋節	开斋节	（名）	kāizhāijié	Idul Fitri	【06】
看法	看法	（名）	kànfǎ	pandangan; anggapan; tanggapan	【05】
可口	可口	（形）	kěkǒu	sedap; enak dimakan; lezat	【10】
可口可樂	可口可乐	（名）	kěkǒukělè	*Coca-Cola*	【10】
刻	刻	（動）	kè	mengukir; memahat	【05】
空中	空中	（名）	kōngzhōng	di udara	【04】
空位	空位	（名）	kòngwèi	tempat kosong; tempat duduk kosong	【07】
空閒	空闲	（形）	kòngxián	waktu senggang; senggang	【04】
口袋	口袋	（名）	kǒudài	kantung; saku	【01】
筷子	筷子	（名）	kuàizi	sumpit	【03】
寬大	宽大	（形）	kuāndà	lebar; luas; longgar	【05】
寬廣	宽广	（形）	kuān'guǎng	terbentang luas	【05】

		L			
垃圾袋	垃圾袋	（名）	lājīdài	kantung sampah	【01】
辣	辣	（形）	là	pedas	【10】
樂而忘返	乐而忘返	（成語）	lèérwàngfǎn	senang dan lupa kembali	【04】
冷氣	冷气	（名）	lěngqì	pendingin udara; udara dingin	【06】
禮物	礼物	（名）	lǐwù	kado; bingkisan	【09】
立	立	（動）	lì	berdiri; tegak	【06】
歷史	历史	（名）	lìshǐ	sejarah	【09】
兩碗	两碗	（數量）	liǎngwǎn	dua mangkok	【10】
了解	了解	（動）	liǎojiě	memahami; mempelajari; menyelidiki; mengerti	【07】
林立	林立	（動）	línlì	mencuar; berdiri di sana-sini	【06】
籠子	笼子	（名）	lóngzi	kandang; kurung; sangkar	【07】
旅客	旅客	（名）	lǚkè	turis; tamu hotel; penumpang (bis, kapal dll)	【01】
旅行	旅行	（動）	lǚxíng	bepergian; berwisata	【01】
旅行袋	旅行袋	（名）	lǚxíngdài	tas yang digunakan untuk bepergian; koper	【01】
旅遊	旅游	（動）	lǚyóu	berwisata; melancong	【01】
路程	路程	（名）	lùchéng	perjalanan; jarak yang ditempuh	【06】
落淚	落泪	（動）	luòlèi	bercucuran air mata	【01】
		M			
滿天星斗	满天星斗	（成語）	mǎntiānxīngdǒu	langit bertaburan bintang-bintang	【08】
滿意	满意	（形）	mǎnyì	puas; senang	【10】
芒果	芒果	（名）	mángguǒ	mangga	【08】
茂盛	茂盛	（形）	màoshèng	rindang; subur	【07】
茂物	茂物	（名）	màowù	Bogor	【07】
美稱	美称	（名）	měichēng	sebutan pujian	【02】
美好	美好	（形）	měihǎo	cemerlang; indah	【08】
美妙	美妙	（形）	měimiào	baik sekali; indah sekali	【08】
美味	美味	（形）	měiwèi	makanan lezat; makanan sedap	【10】
夢幻	梦幻	（形）	mènghuàn	fantasi; ilusi; impian	【04】
面積	面积	（名）	miànjī	areal; luas (daerah)	【07】
明白	明白	（動）	míngbái	mengerti; memaklumi	【06】

名稱	名称	（名）	míngchēng	nama (barang atau organisasi)	【09】
名勝	名胜	（名）	míngshèng	objek wisata	【01】
目的	目的	（名）	mùdì	tujuan; maksud	【01】

N

南極	南极	（名）	nánjí	Kutub Selatan; Kutub Antartika	【08】
難忘	难忘	（形）	nánwàng	tak terlupakan; sulit dilupakan	【02】
鬧鐘	闹钟	（名）	nàozhōng	weker; beker; jam alarm	【05】
呢	呢	（助）	ne	dipakai di akhir kalimat untuk membenarkan suatu fakta; penutup kalimat tanya	【08】
內	内	（方位）	nèi	dalam; di dalam	【09】

P

盤	盘	（量）	pán	piring	【10】
旁	旁	（方位）	páng	samping; pinggir; tepi	【10】
碰	碰	（動）	pèng	menyenggol; membentur; menyentuh; bertemu; berjumpa	【04】
疲倦	疲倦	（形）	píjuàn	lelah; cape; penat	【01】
品嘗	品尝	（動）	pǐncháng	mencicipi; merasai	【10】
平	平	（形）	píng	datar; rata	【03】
平時	平时	（副）	píngshí	waktu biasa; hari-hari biasa	【03】
普通	普通	（形）	pǔtōng	biasa; umum; awam	【03】

Q

期間	期间	（名）	qījiān	selama; waktu	【02】
齊全	齐全	（形）	qíquán	serba lengkap; komplit	【07】
其他	其它	（形）	qítā	yang lain; lainnya	【01】
起程	起程	（動）	qǐchéng	berangkat; bertolak	【06】
前往	前往	（動）	qiánwǎng	pergi ke; berjalan menuju; bertolak ke	【06】
輕	轻	（形）	qīng	ringan; enteng	【02】
輕鬆	轻松	（形）	qīngsōng	santai; mudah; lega	【02】
鞦韆	秋千	（名）	qiūqiān	ayunan	【04】
區	区	（名）	qū	kawasan; daerah; area	【02】
全班	全班	（名）	quánbān	seluruh kelas	【03】
勸告	劝告	（名）	quàn'gào	menasehati; memperingati	【04】

確定	确定	（動）	quèdìng	memastikan; menetapkan; menentukan	【03】

R

染	染	（動）	rǎn	mewarnai; menyemir; mencelup; mendapat (penyakit); dihinggapi (kebiasaan buruk)	【08】
讓	让	（動）	ràng	membuat; menyebabkan; membiarkan; mengalah	【06】
讓位	让位	（動）	ràngwèi	memberikan tempat; memberikan tempat duduk	【06】
人民	人民	（名）	rénmín	rakyat	【02】
日出	日出	（名）	rìchū	matahari terbit	【08】
日落	日落	（動）	rìluò	matahari terbenam	【08】
日期	日期	（名）	rìqī	tanggal	【02】
日子	日子	（名）	rìzi	hari	【08】
若	若	（連）	ruò	jika; kalau	【04】

S

三輪車	三轮车	（名）	sānlúnchē	becak	【02】
森林	森林	（名）	sēnlín	hutan; rimba	【06】
莎發麗公園	莎发丽公园	（名）	shāfālì gōngyuán	Taman Safari	【07】
殺價	杀价	（動）	shājià	menawar harga	【06】
稍	稍	（副）	shāo	agak; sedikit	【10】
燒菜	烧菜	（動）	shāocài	memasak; menyiapkan hidangan	【03】
燒賣	烧卖	（名）	shāomài	*siomai* (makanan berisi daging cincang, udang yang terbungkus kulit yang dibuat dari tepung terigu)	【03】
設備	设备	（名）	shèbèi	perlengkapan; fasilitas; instalasi	【04】
身高	身高	（名）	shēn'gāo	tinggi badan	【01】
聲音	声音	（名）	shēngyīn	suara; bunyi	【04】
勝利	胜利	（名）	shènglì	kemenangan; kesuksesan	【01】
失敗	失败	（形）	shībài	kalah; gagal; mengalami kekalahan	【02】
失去	失去	（動）	shīqù	hilang	【02】

失望	失望	（形）	shīwàng	kecewa; putus asa; putus harapan	【02】
時間	时间	（名）	shíjiān	waktu; jam	【03】
適合	适合	（動）	shìhé	cocok; sesuai	【04】
世界	世界	（名）	shìjiè	dunia	【04】
市區	市区	（名）	shìqū	daerah kota; distrik kota	【02】
收藏	收藏	（動）	shōucáng	menyimpan; mengumpulkan; mengoleksi	【09】
收穫	收获	（名）	shōuhuò	hasil; panen	【09】
收拾	收拾	（動）	shōushí	membenahi; merapikan; mengemasi	【09】
首	首	（量）	shǒu	kata bantu bilangan untuk lagu dan sajak (sebuah)	【05】
手錶	手表	（名）	shǒubiǎo	jam tangan; arloji tangan	【01】
首府	首府	（名）	shǒufǔ	ibukota propinsi; ibukota daerah otonom	【05】
手心	手心	（名）	shǒuxīn	telapak tangan; pusat tapak tangan	【01】
受	受	（動）	shòu	mendapat; menerima; mengalami	【03】
暑假	暑假	（名）	shǔjià	liburan musim panas	【02】
水面	水面	（名）	shuǐmiàn	permukaan air	【07】
順利	顺利	（形）	shùnlì	lancar; berhasil; sukses	【06】
泗水	泗水	（名）	sìshuǐ	Surabaya	【06】
飼養	饲养	（動）	sìyǎng	memelihara (hewan)	【07】
鬆	松	（動）	sōng	bersantai; melonggarkan; mengendurkan	【02】
送	送	（動）	sòng	memberi; menghadiahkan; mengantarkan	【02】
送禮	送礼	（動）	sònglǐ	memberikan kado atau hadiah	【09】
塑像	塑像	（名）	sùxiàng	patung	【10】
T					
灘	滩	（量）	tān	kata bantu bilangan untuk menyebutkan jumlah genangan air	【05】
談話	谈话	（動）	tánhuà	berbincang-bincang;	【08】

生詞索引

				mengobrol; bercakap-cakap	
談天	谈天	（動）	tántiān	berbincang-bincang; mengobrol	【08】
淘氣	淘气	（形）	táoqì	nakal; bandel	【01】
特	特	（副）	tè	sangat; teristimewa; luar biasa; khas	【02】
特別	特别	（形）	tèbié	unik; khusus; istimewa	【02】
特色	特色	（名）	tèsè	ciri khas; sifat khusus	【10】
提起	提起	（動）	tíqǐ	menyebut; berbicara tentang	【01】
提醒	提醒	（動）	tíxǐng	mengingatkan; memperingatkan	【04】
添	添	（動）	tiān	menambah; bertambah	【04】
天空	天空	（名）	tiānkōng	langit; angkasa	【08】
天堂	天堂	（名）	tiāntáng	surga	【05】
甜	甜	（形）	tián	manis	【10】
甜點	甜点	（名）	tiándiǎn	kudapan manis; makanan kecil yang manis manis	【10】
挑選	挑选	（動）	tiāoxuǎn	memilih; menyeleksi	【06】
調味料	调味料	（名）	tiáowèiliào	bumbu; penyedap masakan	【10】
貼紙	贴纸	（名）	tiēzhǐ	stiker	【09】
聽說	听说	（動）	tīngshuō	konon; kata orang; mendengar	【02】
託	托	（動）	tuō	berkat; bersandar kepada	【01】
託……福	托……福	（動）	tuō......fú	digunakan untuk membalas salam orang lain (terima kasih)	【01】
			W		
完成	完成	（動）	wánchéng	menyelesaikan; merampungkan	【03】
完全	完全	（副）	wánquán	semuanya; sama sekali; segala-galanya	【03】
碗	碗	（量）	wǎn	mangkuk	【10】
晚霞	晚霞	（名）	wǎnxiá	teja; mampang kuning; mampang petang	【08】
萬隆	万隆	（名）	wànlóng	Bandung (Ibukota Propinsi Jawa Barat)	【09】
往	往	（介）	wǎng	pergi menuju; mengarah	【06】
忘記	忘记	（動）	wàngjì	lupa; mengabaikan	【02】
位於	位于	（動）	wèiyú	terletak; bertempat	【07】
位子	位子	（名）	wèizi	tempat; tempat duduk	【07】

聞到	闻到	（動）	wéndào	mencium; membaui	【04】
文化	文化	（名）	wénhuà	kebudayaan; kultur; peradaban	【02】
聞名	闻名	（動）	wénmíng	terkenal; ternama	【05】
烏雲	乌云	（名）	wūyún	awan hitam; mega mendung	【08】
無	无	（動）	wú	tanpa; tak ada	【06】
無人島	无人岛	（名）	wúréndǎo	pulau tak berpenduduk	【05】
		X			
希望	希望	（動）	xīwàng	berharap; menginginkan	【07】
喜愛	喜爱	（形）	xǐ'ài	suka; gemar	【02】
下降	下降	（動）	xiàjiàng	anjlok; turun; jatuh	【01】
餡	馅	（名）	xiàn	isi; isian; pengisi	【03】
相比	相比	（動）	xiāngbǐ	membandingkan	【07】
相差	相差	（動）	xiāngchā	berbeda	【06】
香蕉	香蕉	（名）	xiāngjiāo	pisang	【10】
相同	相同	（形）	xiāngtóng	sama; serupa	【07】
享受	享受	（動）	xiǎngshòu	menikmati	【03】
小販	小贩	（名）	xiǎofàn	pedagang kecil; penjaja keliling	【02】
小舟	小舟	（名）	xiǎozhōu	perahu kecil	【04】
攜	携	（動）	xié	membawa serta; menggandeng	【05】
攜帶	携带	（動）	xiédài	membawa serta; membawa	【05】
心急	心急	（形）	xīnjí	tak sabar	【05】
欣賞	欣赏	（動）	xīnshǎng	menikmati; mengagumi	【08】
新聞	新闻	（名）	xīnwén	berita	【04】
新鮮	新鲜	（形）	xīnxiān	segar; baru	【04】
信封	信封	（名）	xìnfēng	amplop; sampul surat	【09】
行李	行李	（名）	xínglǐ	barang yang dibawa dalam perjalanan	【01】
行人	行人	（名）	xíngrén	pejalan kaki	【09】
醒	醒	（動）	xǐng	bangun; sadar; sadar dari mabuk arak atau bius	【08】
幸福	幸福	（形）	xìngfú	bahagia; sejahtera	【01】
興趣	兴趣	（名）	xìngqù	minat; rasa tertarik	【09】
休息	休息	（動）	xiūxi	beristirahat	【08】
休閒	休闲	（形）	xiūxián	bersantai; beristirahat	【02】
選擇	选择	（動）	xuǎnzé	memilih; menentukan; menyeleksi	【06】

			Y		
燕窩	燕窩	（名）	yànwō	sarang burung walet	【03】
燕子	燕子	（名）	yànzi	burung walet	【03】
洋	洋	（名）	yáng	samudera; lautan	【05】
洋娃娃	洋娃娃	（名）	yángwáwa	boneka	【01】
一定	一定	（副）	yídìng	pasti	【01】
一份	一份	（數量）	yífèn	satu porsi; satu bagian	【03】
一路順風	一路顺风	（成語）	yílùshùnfēng	selamat jalan	【06】
一切	一切	（名）	yíqiè	semua; segala	【06】
一套	一套	（數量）	yítào	satu set	【09】
一般	一般	（形）	yìbān	umumnya; biasanya	【10】
一盤	一盘	（數量）	yìpán	satu piring	【10】
憶起	忆起	（動）	yìqǐ	mengenang; mengingat kembali	【02】
一言為定	一言为定	（成語）	yìyánwéidìng	sepakat; setuju atas keputusan bersama	【04】
音樂	音乐	（名）	yīnyuè	musik	【04】
印章	印章	（名）	yìnzhāng	stempel; cap	【09】
營業	营业	（動）	yíngyè	menjalankan atau menyelenggarakan usaha	【03】
擁抱	拥抱	（動）	yōngbào	berpelukan; merangkul	【06】
擁擠	拥挤	（形）	yōngjǐ	penuh padat; berjejal-jejal	【06】
泳裝	泳装	（名）	yǒngzhuāng	pakaian renang	【05】
遊客	游客	（名）	yóukè	pengunjung; turis; wisatawan	【01】
遊覽	游览	（動）	yóulǎn	bertamasya; berkeliling melihat-Ilihat	【01】
郵票	邮票	（名）	yóupiào	perangko	【09】
尤其	尤其	（副）	yóuqí	terutama; lebih-lebih	【01】
遊玩	游玩	（動）	yóuwán	bertamasya; bermain-main	【01】
遊戲	游戏	（名）	yóuxì	permainan	【05】
游泳	游泳	（動）	yóuyǒng	berenang	【05】
友善	友善	（形）	yǒushàn	bersahabat; akrab	【01】
魚刺	鱼刺	（名）	yúcì	tulang ikan	【08】
遇	遇	（動）	yù	menemui; berjumpa dengan	【06】
遇見	遇见	（動）	yùjiàn	bertemu dengan; berjumpa dengan	【06】
樂器	乐器	（名）	yuèqì	alat musik; instrumen musik	【04】

雲霄飛車	云霄飞车	（名）	yúnxiāofēichē	kereta terbang angkasa (halilintar)	【04】

Z

早點	早点	（名）	zǎodiǎn	makanan pagi	【03】
增加	增加	（動）	zēngjiā	menambah; bertambah	【04】
增添	增添	（動）	zēngtiān	menambah; memperbanyak	【04】
贈品	赠品	（名）	zèngpǐn	barang pemberian; cendera mata; tanda mata	【09】
贈送	赠送	（動）	zèngsòng	menghadiahkan; memberi tanpa ganti; memberikan	【09】
齋	斋	（名）	zhāi	puasa; pantang makan	【06】
展覽	展览	（名）	zhǎnlǎn	pameran; ekshibisi; peragaan	【01】
招牌	招牌	（名）	zhāopái	papan nama; papan merek; merek	【10】
招牌菜	招牌菜	（名）	zhāopáicài	masakan yang menjadi simbol atau ciri khas	【10】
著急	着急	（形）	zháojí	gelisah; cemas; khawatir	【05】
蒸	蒸	（動）	zhēng	mengukus	【10】
整天	整天	（名）	zhěngtiān	sehari penuh; sepanjang hari; sehari suntuk	【01】
證據	证据	（名）	zhèngjù	bukti	【06】
證明	证明	（動）	zhèngmíng	membuktikan	【06】
正前方	正前方	（名）	zhèngqiánfāng	tepat di depan	【03】
正確	正确	（形）	zhèngquè	benar	【03】
證實	证实	（動）	zhèngshí	membuktikan kebenarannya; membenarkan	【02】
知識	知识	（名）	zhīshi	pengetahuan; yang berkaitan dengan ilmu dan kebudayaan; intelektual	【09】
只有	只有	（連）	zhǐyǒu	hanya ada; hanya mempunyai	【01】
中國菜	中国菜	（名）	zhōngguócài	masakan Tionghoa; hidangan Tionghoa	【03】
種類	种类	（名）	zhǒnglèi	macam; tipe; jenis	【07】
粥	粥	（名）	zhōu	bubur	【03】
竹	竹	（名）	zhú	bambu	【10】
主要	主要	（形）	zhǔyào	utama; pokok	【07】

生詞索引

主意	主意	（名）	zhǔyì	ide; rencana	【09】
注意	注意	（動）	zhùyì	memperhatikan	【04】
裝飾	装饰	（動）	zhuāngshì	menghias; memajang	【10】
裝飾品	装饰品	（名）	zhuāngshìpǐn	hiasan; pajangan	【10】
準備	准备	（動）	zhǔnbèi	bersedia; menyiapkan; merencanakan	【07】
準時	准时	（形）	zhǔnshí	tepat waktu	【07】
滋味	滋味	（名）	zīwèi	rasa (manis, asin dll)	【10】
自由	自由	（形）	zìyóu	bebas; leluasa; merdeka	【07】
總而言之	总而言之	（副）	zǒngéryánzhī	singkatnya; pendeknya	【02】
尊	尊	（量）	zūn	kata bantu bilangan untuk patung	【10】

國家圖書館出版品預行編目

環遊印尼學華語 / 宋如瑜等著. -- 一版. --
臺北市：秀威資訊科技, 2007 [民 96]
    冊；   公分. - - (學習新知類；AD0007)

    含索引
    ISBN 978-986-6909-87-0 (第 1 冊：平裝)

    1.中國語言 – 讀本

802.86   96011263

 學習新知類   AD0007

環遊印尼學華語（第一冊）

作　　者 / 宋如瑜、黃兩萬、吳俞萱、余欣蓓、陳倍萱、
　　　　　　林貞均、楊瑞
發 行 人 / 宋政坤
執行編輯 / 林世玲
圖文排版 / 郭雅雯
插圖設計 / 曾嘉玲
照片提供 / 吳俞萱
封面設計 / 莊芯媚
數位轉譯 / 徐真玉　　沈裕閔
圖書銷售 / 林怡君
法律顧問 / 毛國樑　律師
出版印製 / 秀威資訊科技股份有限公司
　　　　　　臺北市內湖區瑞光路 583 巷 25 號 1 樓
　　　　　　電話：02-2657-9211　　　傳真：02-2657-9106
　　　　　　E-mail：service@showwe.com.tw
經 銷 商 / 紅螞蟻圖書有限公司
　　　　　　臺北市內湖區舊宗路二段 121 巷 28、32 號 4 樓
　　　　　　電話：02-2795-3656　　　傳真：02-2795-4100
　　　　　　http://www.e-redant.com

2007 年 7 月 BOD 一版
2008 年 6 月 BOD 二版
定價：350 元

讀 者 回 函 卡

感謝您購買本書，為提升服務品質，煩請填寫以下問卷，收到您的寶貴意見後，我們會仔細收藏記錄並回贈紀念品，謝謝！

1.您購買的書名：＿＿＿＿＿＿＿＿＿＿＿＿＿＿＿＿＿＿＿＿

2.您從何得知本書的消息？

　　□網路書店　□部落格　□資料庫搜尋　□書訊　□電子報　□書店

　　□平面媒體　□ 朋友推薦　□網站推薦 □其他＿＿＿＿＿＿

3.您對本書的評價：(請填代號　1.非常滿意 2.滿意 3.尚可 4.再改進)

　　封面設計＿＿＿　版面編排＿＿＿　內容＿＿＿　文/譯筆＿＿＿　價格＿＿＿

4.讀完書後您覺得：

　　□很有收獲　□有收獲　□收獲不多　□沒收獲

5.您會推薦本書給朋友嗎？

　　□會　□不會，為什麼？＿＿＿＿＿＿＿＿＿＿＿＿＿＿＿＿＿

6.其他寶貴的意見：＿＿＿＿＿＿＿＿＿＿＿＿＿＿＿＿＿＿＿＿＿

＿＿＿＿＿＿＿＿＿＿＿＿＿＿＿＿＿＿＿＿＿＿＿＿＿＿＿＿＿

＿＿＿＿＿＿＿＿＿＿＿＿＿＿＿＿＿＿＿＿＿＿＿＿＿＿＿＿＿

＿＿＿＿＿＿＿＿＿＿＿＿＿＿＿＿＿＿＿＿＿＿＿＿＿＿＿＿＿

讀者基本資料

姓名：＿＿＿＿＿＿＿＿＿＿＿　年齡：＿＿＿＿　性別：□女 □男

聯絡電話：＿＿＿＿＿＿＿＿＿　E-mail：＿＿＿＿＿＿＿＿＿＿＿

地址：＿＿＿＿＿＿＿＿＿＿＿＿＿＿＿＿＿＿＿＿＿＿＿＿＿＿＿

學歷：□高中(含)以下　　□高中　　□專科學校　　□大學

　　　□研究所(含)以上 □其他＿＿＿＿＿＿＿＿

職業：□製造業 □金融業 □資訊業 □軍警 □傳播業 □自由業

　　　□服務業 □公務員 □教職　 □學生 □其他＿＿＿＿＿

秀威與 BOD

BOD（Books On Demand）是數位出版的大趨勢，秀威資訊率先運用 POD 數位印刷設備來生產書籍，並提供作者全程數位出版服務，致使書籍產銷零庫存，知識傳承不絕版，目前已開闢以下書系：

一、BOD 學術著作—專業論述的閱讀延伸
二、BOD 個人著作—分享生命的心路歷程
三、BOD 旅遊著作—個人深度旅遊文學創作
四、BOD 大陸學者—大陸專業學者學術出版
五、POD 獨家經銷—數位產製的代發行書籍

BOD 秀威網路書店：www.showwe.com.tw
政府出版品網路書店：www.govbooks.com.tw

永不絕版的故事・自己寫・永不休止的音符・自己唱